My Emerald Wish

Barbara Morgan

ISBN: 978-1-917437-15-8

Website: http://www.ghostlywhisper.com

Facebook: https://www.facebook.com/ghostlywhisperltd

        https://www.facebook.com/ladybugbookseries

Instagram: https://www.instagram.com/ghostlywhisperltd

        https://www.instagram.com/ladybugbookseries

X: https://x.com/GW_BooksEtc

Threads: https://www.threads.net/@ghostlywhisperltd

"Non è finita finché non è finita."
(Yogi Berra)

CAPITOLO 1

Il primo giorno di dicembre è iniziato con una nevicata lieve e gentile, il genere di fiocchi che non si posano a lungo sulle strade di Milano ma che riescono comunque a infondere un senso di delicatezza e di magia nelle vie della città. Le luci natalizie hanno incominciato ad accendersi da ieri e so che, giorno dopo giorno, aumenteranno fino a diventare sempre più vivide e festose. Già da ora, scintillano sopra le teste dei passanti, mentre le vetrine dei negozi si riempiono di addobbi rossi e dorati, di alberi di Natale stilizzati e promozioni su panettoni artigianali e dolci di ogni tipo.

Mi piace prendere la vita con calma, per quanto mi è possibile, uscendo presto di casa per osservare tutto questo con occhi sognanti mentre cammino verso gli uffici della casa editrice "Emerald Ink House", una piccola perla nel cuore di Brera. In realtà la "Emerald" è il frutto dell'unione tra la casa editrice "Albachiara Edizioni", fondata vent'anni fa da Chiara Anselmi (la mia attuale capa suprema) e il suo allora mentore e compagno, Alberto Giraldi, e una casa editrice irlandese, la "Shamrock Quill

Press", appartenuta a Patrick Kingston. L'unione e fusione è avvenuta circa dieci anni fa, prima che io entrassi a lavorare nel settore marketing della nuova casa editrice.

Mi stringo la sciarpa rossa intorno alla gola, cercando di combattere il freddo pungente di questa mattina. Purtroppo per me, ho un pessimo rapporto con il freddo, che ha il vizio di entrarmi nelle ossa e di tormentarmi senza pietà. Me ne sono accorta soprattutto quando sono stata mandata, sei anni fa, a completare uno stage di sei mesi a Dublino, la sede irlandese della casa editrice.

Spero che il mio cappello di lana mi protegga dal mal di testa che, su di me, incombe spesso in questo periodo. La mia borsa tracolla extralarge, intanto, trabocca, oltre che dei miei effetti personali, di cartellette e accessori vari, penne, graffette, adesivi, post-it. Oggi trasporto anche un'altra borsa piuttosto ingombrante contenente una scatola di decorazioni natalizie che sono passata a ritirare per conto di Chiara dal solito negozio che ci rifornisce di questo tipo di materiale. Sto considerando l'idea di prendermi una valigia per venire al lavoro, forse farei meno fatica.

Arrivo davanti all'elegante portone dell'edificio, un palazzo storico con una targa discreta che riporta, tra le altre, anche il nome della casa editrice, "Emerald Ink House" e il suo logo, una casetta stilizzata contenente uno smeraldo sfaccettato.

Nonostante la borsa extra, evito come sempre l'ascensore, visto che sono soltanto tre piani per raggiungere l'ufficio grafico e il reparto marketing e nutro la segreta speranza che un po' d'esercizio fisico ammortizzi il mio consumo di zuccheri prima di decidermi a iscrivermi in palestra. Cosa che mi riprometto puntualmente ogni dicembre, come proposito per il nuovo anno.

Salendo le scale, mi fermo un attimo a osservare la mia immagine riflessa nel vetro del corrimano. Analizzo il mio aspetto, anche se non in modo eccessivamente severo. I miei capelli castani, mossi e lunghi quasi fino alla vita, sono sciolti sulle spalle, con ciocche ribelli che sfuggono disordinatamente dal cappello di lana rosso. Cappello di lana che, insieme alla sciarpa, sembra uniformarsi coerentemente alla punta del mio naso, arrossata per il freddo. Non riesco mai ad essere fisicamente impeccabile come Chiara Anselmi o come Cristina Sarpi, colei che considero la mia migliore amica qui dentro. Ma non me ne preoccupo troppo, sul lavoro ci metto sempre l'anima e credo che alla fine sia questo ciò che conta.

Sospiro e socchiudo gli occhi. Forse dovrei imparare a badare un po' di più all'apparenza, nonostante tutto. Mi trovo nella capitale della moda, in fondo. Anche se quando ho freddo non ascolto ragioni e vago per la città trasformandomi nella mia personale versione della donna delle nevi.

Tutto nella mia vita è un controsenso, comunque, perché, nonostante il freddo incombente, dicembre è il mio mese preferito, quello in cui spero, da sempre, in qualche miracolo, nella realizzazione di qualche sogno, anche dei più inconfessabili.

Mi distolgo dalla mia immagine riflessa nello specchio e mi affretto a raggiungere il piano dove hanno sede gli uffici marketing della "Emerald Ink House".

Appena oltrepassato l'ingresso, mi soffermo per un istante nell'atrio per salutare con un cenno la nostra receptionist e vengo accolta da un odore familiare di caffè e carta stampata, un mix che da anni trovo sorprendentemente confortante, tanto da farmi sentire a casa tra queste mura.

La casa editrice è già animata e nel pieno del suo fulgore mattutino. Chiara Anselmi, direttrice editoriale ma al contempo anche responsabile principale della sezione marketing e tuttofare, passeggia avanti e indietro per il corridoio parlando al telefono con tono deciso tendente all'incazzato. Non può certo fare tutto da sola, lo ripete da tempo mentre vaga tra l'ufficio amministrativo e gli altri ambienti della casa editrice. Peccato che si fidi di pochissime persone. Purtroppo, mi sono resa conto che conquistare la sua stima è una missione quasi impossibile. Però, posso capirla. Credo di avere lo stesso problema di fiducia nei confronti degli altri.

«No! Ripeto che non si può, non abbiamo tempo di aspettare!» Ecco, il tempo è sempre il nemico più acerrimo di Chiara, da quando la conosco. Subito dopo (o forse prima), si piazza "colui che non si deve nominare a meno che non sia strettamente necessario". Che, nel suo caso, non è Voldemort, ma Alberto Giraldi, il suo ex compagno e amministratore delegato della sezione italiana della "Emerald" con cui condivide ancora gli affari della casa editrice. Nonostante lui l'abbia tradita e lasciata per sposare una donna molto più giovane, da cui ha comunque divorziato meno di un anno più tardi. Anche da quella spiacevole circostanza temo siano derivati i problemi di fiducia di Chiara.

«Fra due o tre settimane non è ammissibile. Sai cosa accadrà, fra tre settimane? Ti aggiorno subito. Sarà quasi Natale! NATALE!»

Scandisce la parola. Mi aspetto, da un momento all'altro che inizi addirittura a fare lo spelling al malcapitato o malcapitata all'altro capo, che osa ostacolarla o contraddirla.

11

Le lancio un'occhiata e mi mordo le labbra. Mi chiedo, da quando la conosco, come Chiara riesca a rimanere così splendente anche quando è arrabbiata. Anche dopo oltre otto ore di lavoro, come se il suo aspetto fosse "cristallizzato", come se avesse fatto un patto col diavolo. La sua vera età è avvolta nel mistero, almeno per me. Occhi grigi e affilati come quelli di un gatto, porta sempre i capelli castano scuro raccolti in due modi che variano da coda elaborata e impeccabile da cui non sfugge un capello a chignon super raffinato. I tailleur che indossa le accarezzano le forme in un modo tale da renderle ancora più perfette. Oddio, ora che ci penso, tutto sommato potrebbe anche averlo fatto davvero un patto col diavolo.

Sospiro e cerco di mettere in moto tutti i neuroni necessari per affrontare la giornata lavorativa e arrivare alla fine senza annaspare o strisciare. Ma al momento i poveretti sembrano ancora vagamente dormienti, oltre che infreddoliti. Forse avrei bisogno di un altro caffè.

«Elena, sei passata a ritirare le decorazioni per la sala relax?» Chiara allontana per un attimo il telefono per rivolgersi a me, che mi sono persa a fissarla (e a invidiarla, lo ammetto).

«Sì, certo! Le ho proprio qui.» Scatto sull'attenti, estraggo la scatola dalla seconda borsa e la sollevo, come un trofeo. «Me ne occupo subito.»

Chiara annuisce distrattamente, mi concede un sorriso vago e torna alla sua conversazione.

Devo muovermi! Ci sarà parecchio da fare in questi giorni. C'è sempre parecchio da fare qui, ma durante le settimane che precedono il Natale e poi l'avvio del nuovo anno siamo sempre in fibrillazione. Tutto procede a velocità accelerata. Tempo di resoconti, di progetti per l'anno nuovo, che dovrà a tutti i costi essere migliore e più redditizio del precedente. Cosa che, ultimamente, sta diventando sempre più difficile.

Con l'idea di un bel caffè caldo in mente, prima di andare a rifugiarmi alla mia postazione nel mio "bugigattolo", mi incammino lungo il corridoio e raggiungo la nostra sala relax, dove trovo Cristina Sarpi, la mia migliore amica e collega. Chi ci vede insieme potrebbe pensare che siamo l'una l'opposto dell'altra, non soltanto fisicamente, e forse per questo ci completiamo e ci compensiamo. Cristina è molto alta e piuttosto formosa, con i capelli biondi e corti ma con tagli sempre alla moda, e un portamento da regina dei ghiacci che potrebbe sfidare quello di Chiara. Quando sorride, però, cambia completamente perché in lei non c'è davvero nulla di freddo e glaciale, tutt'altro. È dotata di un sorriso contagioso e possiede una personalità solare che riesce a risollevare l'umore sempre a tutti o quasi.

«Elena! Hai già saputo la novità?» Mi si avvicina subito, quasi prendendo la rincorsa.

«No, non credo.» Appoggio prima la mia tracolla, poi l'altra borsa su uno dei tavoli, mi tolgo il cappello, mi sfilo la giacca e l'appendo all'attaccapanni agganciato alla parete. Infine, mi dedico alla mia seconda amica del cuore, qui dentro. La macchinetta del caffè. Magari per una volta mi prenderò anche un piccolo snack per compensarmi della fatica. «È una novità che mi terrà impegnata oltre l'orario lavorativo ufficiale? Preferisco saperlo subito.»

«Mmh… volendo…» Ridacchia e mi strizza l'occhio con aria maliziosa. «Il materiale è piuttosto buono.»

Una volta estratto il mio bicchierino, mi volto verso di lei e alzo gli occhi al cielo. «Cris! Di cosa stiamo parlando? O dovrei dire di chi?»

«Del nuovo arrivato…» Cristina si morde le labbra e si guarda intorno. «Dov'è finito? Era qui un momento fa!» Poi fissa lo sguardo su un punto ben preciso, proprio oltre la mia testa, verso l'ingresso della sala relax.

Seleziono una barretta al cioccolato dalla macchinetta accanto a quella del caffè e mi stringo nelle spalle. Di chiunque si tratti, non è la mia priorità al momento. Ho un compito da portare a termine che coinvolge le decorazioni natalizie che sono passata a ritirare per conto di Chiara. Torno al tavolo dove ho appoggiato le borse, sorseggio il caffè e mordicchio con entusiasmo la mia barretta. Poi mi dedico alla scatola con le decorazioni. La apro e sospiro. Tovagliette rosse, bocce colorate, piccole ghirlande, festoni, lucine, piccole riproduzioni di Babbo Natale e di renne di legno, vischio da appendere... c'è un po' di tutto, con tanto di logo della casa editrice, e va organizzato nel migliore dei modi. Sbuffo e mi passo una mano sulla fronte. A chi toccherà questa meravigliosa incombenza in sala relax? Non vedo colleghi fare la fila e sgomitare. Quindi, tanto per cambiare...

Cristina, intanto, mi ha seguita con espressione corrucciata, dando un'occhiata distratta e annoiata al tavolo con gli addobbi natalizi, per poi tornare a puntare lo sguardo sull'ingresso della sala.

«Ah, eccolo!» Lancia quasi un piccolo urlo, per fortuna ci sono soltanto io nei paraggi. «Sta parlando con quella serpe di Alessia, la viperissima l'ha già agguantato ed è pronta a sgranocchiarselo, ci scommetto! Con la stessa foga che tu hai usato per la tua barretta al cioccolato! Comunque... Marketing, sede irlandese. Alto, capelli scuri, occhi chiari, almeno credo… un'inconsueta sfumatura di verde… sorriso da pubblicità di dentifricio…»

Mentre Cristina si lancia nella sua descrizione dettagliata del nuovo arrivato, io inizio a voltarmi, lentamente, molto lentamente… come nelle scene a rallenty dei film o dei video in slow-motion. Ma con il frastuono di almeno un centinaio di campanelli d'allarme che tra le parole "irlandese" e "sfumatura di verde" hanno incominciato a suonare a festa nel mio povero cervello.

«Connor… Connor qualcosa, mi pare si chiami!» Termina Cristina, di certo soddisfatta del suo resoconto. «Connor gran figo, direi io! Ma sono tutti così, in Irlanda?»

Connor Milligan, dico tra me, deglutendo a fatica e puntando lo sguardo su ciò che resta della mia barretta al cioccolato che temo mi si sia bloccata sullo stomaco. Resto immobile. Suppongo che la fuga non sia un'opzione praticabile, al momento. E nemmeno più tardi.

E no, Cris. Non sono tutti "così" in Irlanda. Lui lo è. E io avrei voluto trovare il tempo e il modo di scoprire fino a che punto. Magari anche oltrepassarlo, quel punto.

Connor Milligan, nel frattempo, volta il viso verso di noi. Ha l'espressione rilassata e serena quando posa lo sguardo su Cristina, poi però arriva a me. Stringe gli occhi per un attimo, anche se impercettibilmente.

Mi sento mancare la terra sotto i piedi. Un effetto già sperimentato, del resto.

«Se sono tutti così mi faccio trasferire subito! Anche solo per un mese o due, diciamo che si tratterà per lo più di un viaggio di piacere.» Cristina sta ancora parlando e io mi rendo conto soltanto adesso di non aver risposto alla sua domanda precedente. O meglio, di averlo fatto soltanto nella mia mente.

«No, non lo sono.» Mi volto completamente e decido di dedicarmi al cento per cento alle decorazioni natalizie abbandonate sul tavolo. Al momento si sono trasformate nello scopo primario della mia esistenza. Tanto meglio se dovrò fare tutto da sola, come ogni anno, anche se addobbare la saletta relax per Natale dovrebbe essere compito di tutto il personale del piano. Un compito che ci unisce e rallegra, almeno in teoria. «E comunque, le prime impressioni spesso sono ingannevoli.»

E anche le seconde, a dire il vero. E le terze. Ma Connor Milligan qui non è solo un'impressione. È una realtà, fin troppo tangibile. Una realtà con cui io dovrò avere a che fare ancora una volta, dopo sei anni.

CAPITOLO 2

Come ha fatto notare Cristina, Connor sta parlando con Alessia Marini, la "viperissima". Così la definiamo spesso Cris, io e anche altri collaboratori della "Emerald". Anche perché la nostra "cara" collega coglie davvero ogni occasione per farsi notare e per lei la competizione qui dentro è diventata quasi un obbligo tanto da rendere l'ambiente una specie di campo di battaglia. Credo che lo sappia che viene chiamata così. E che le piaccia.

Comunque, se ora ha puntato Connor, riuscirà ad avere Connor, qualsiasi intenzione abbia nei suoi confronti. È una certezza quasi assoluta. Quel "quasi" dipenderà esclusivamente da lui, ma ho molti dubbi che sia in grado di resistere al fascino emanato da Alessia, dalle sue forme perfette e dal caschetto di capelli neri che le sfiora le gote in stile Valentina, il celebre personaggio dei fumetti.

Mi sforzo di resistere, ma alla fine cedo. Con la scusa di disporre per bene le decorazioni sul tavolo, lancio un'altra occhiata fugace ai due, che ora sostano tra la porta d'ingresso della sala relax e il corridoio. A lui, per essere sincera.

Non è molto cambiato in sei anni. Anzi, sì. È cambiato in meglio, accidenti a lui! Sembra aver messo su un po' di peso, ha le spalle e il torace più ampi di quanto ricordassi, come se si fosse sottoposto a sessioni di palestra e sollevamento pesi. Il completo blu gli delinea il fisico perfettamente e nell'insieme sembra possedere un'aria ancora più sicura e sfrontata. L'aria di chi conosce bene il proprio valore ma non ritiene necessario ostentarlo. Ha mantenuto comunque quel sorriso ironico che si dipinge sul suo viso fino a renderlo provocante oltre ogni controllo.

«Allora, cosa ne pensi?» Mi stuzzica Cristina, lanciando un'occhiata allusiva al nuovo arrivato.

«Sembra okay.» Mi distolgo da lui, immediatamente. Non è il caso di approfondire. E nemmeno di ricordare. Non sarò in grado di ignorarlo, temo, ma devo evitare di fissarlo troppo.

«Solo okay?» Cristina sospira e alza gli occhi al cielo. «A me sembra il classico tipo troppo bello per essere umano, ma almeno speriamo che non sia un "Grinch" come Chiara o altri.»

Sorrido per sciogliere la tensione, ma mi sento inquieta. Non posso raccontare la verità a Cristina, probabilmente non sarà nemmeno necessario rivangare il passato. Connor è stato mandato qui dalla sede irlandese della casa editrice, mi sembra ovvio. È già accaduto con alcuni dirigenti, ma non si trattengono mai per più di un giorno o due. Sarà solo in visita, di certo non è qui per uno stage e non resterà a lungo.

«Dubito che lo scopriremo.» Volto completamente le spalle alla porta (e a lui) fingendo si studiare attentamente la composizione di una ghirlanda più grande delle altre che si potrebbe appendere all'ingresso della sala. In realtà ho la mente altrove. «Domani se ne sarà già andato.»

«Ma io non credo…» Cristina abbassa lo sguardo sulle decorazioni natalizie che ho disposto inutilmente in ordine di stile e misura, giusto per impiegare il tempo e cercare di calmarmi.

«Insomma, l'hanno spedito qui dalla sede irlandese. Quanto vuoi che rimanga? Come il resto degli "invasori" mandati solo per controllarci, visto che gli irlandesi hanno il dannato vizio di sentirsi i migliori al mondo. Non resterà per più di un paio di giorni!»

Soltanto alle mie ultime parole, noto Cristina sgranare gli occhi azzurri in modo esagerato. Troppo tardi!

«Un mese, per l'esattezza!» La voce del perfido Connor Milligan risuona alle mie spalle. Sento il suo fiato sul collo ma non oso sollevare la testa, voltarla e guardarlo. «Magari anche di più, potrei anche restare a invadere il vostro campo per sempre.»

Ecco, se prima già desideravo scomparire ora… anche peggio! Ma perché non controllo mai chi ho intorno, prima di dar fiato alla voce? Parlo poco e quelle poche volte anche a sproposito!

«Ah, bene…» Annuisco voltando solo leggermente il viso, per lanciargli una rapida occhiata e annuire. «Benvenuto a Milano.»

Che altro dovrei dire? Riprendiamo da dove avevamo lasciato?

Stringo la ghirlanda natalizia tra le mani, finirò per distruggerla se continuo così. Allora l'appoggio sul tavolo, lasciandola cadere come se scottasse.

«Grazie, Elena.»

Il modo in cui pronuncia il mio nome, accentando la "e" centrale, mi provoca un brivido indesiderato lungo la spina dorsale. E anche il suo accento, quando parla in italiano, non aiuta affatto. Ascendenza italiana da parte di madre, ricordo bene.

«Prego.»

Mi mordo le labbra. Cristina, intanto, mi sta scrutando con un'espressione che da sospettosa si sta facendo sempre più "illuminata", come se le si fosse appena accesa una lampadina e stesse iniziando a capire, a collegare i punti che compongono un disegno. Finge di controllare il cellulare, si inventa la scusa di una e-mail urgente a cui rispondere, ci rivolge un breve cenno di saluto e si allontana sogghignando, abbandonandomi al mio destino.

Ma io non so che altro aggiungere. E nemmeno lui, a quanto pare. Mantiene soltanto gli occhi verdi puntati sul mio viso, facendomi sentire indagata, analizzata nel profondo. Un'abitudine che non ha perso, a quanto pare.

«Scusami...» A un certo punto increspa le labbra, sembra in difficoltà. Però si tratta soltanto di un istante, perché la sua maschera di sicurezza ricompare immediatamente. Solleva il braccio per controllare l'orologio. «Ho una riunione.»

Così si dirige rapidamente verso la porta della sala relax e se ne va, abbandonandomi anche lui a me stessa e alle mie decorazioni per dedicarsi a qualcosa di sicuramente più importante e degno di nota.

Decido di rimuovere la sua presenza dai miei pensieri, almeno per un momento. Mi sembra evidente che l'incombenza di decorare decentemente la nostra saletta spetta solamente a me, come ogni anno, del resto. Come per tacito accordo, ormai. Anche altri due colleghi che sono passati di qui a prendere il caffè se la sono svignata in tutta fretta.

«E va bene...» Chiudo gli occhi per un attimo e mi stringo nelle spalle. «Tanto non si risolverà tutto per magia.»

Inizio raccogliendo il piccolo vischio, dovrei appenderlo in alto, sulla porta d'ingresso, come al solito. Prendo una sedia per riuscire ad arrivarci. La mente, indipendentemente dalla mia volontà, viene trascinata indietro nel tempo e nello spazio. Io e qualcuno sotto al vischio, la neve che scende candida fuori dalla finestra. Mi riscuoto immediatamente, imbarazzata dai miei stessi pensieri.

«Ti serve una mano, Elena?» La voce di Connor mi fa trasalire. Mi volto di scatto e per poco non perdo l'equilibrio. Mi ritrovo così le sue mani sui fianchi, per impedirmi di cadere dalla sedia. Arrossisco e maledico me stessa. «Vedo che si sono tutti defilati davanti alle decorazioni natalizie. Ti hanno lasciata sola, non è molto carino.»

«Già... la grande fuga, davvero!» Cerco di riprendere il controllo e sorrido, mentre lui prontamente stacca le mani dai miei fianchi. «Ma tu? Non avevi la riunione?»

«Rimandata di un'ora. Patrick è impegnato in una conversazione telefonica e al momento non è disponibile. Chiara mi ha consigliato di prendere confidenza con l'ambiente e con i colleghi.» Di nuovo quel suo sguardo, quei suoi occhi verdi e intensi su di me, quel suo ghigno seducente. Poi lo sposta sugli addobbi natalizi, rimasti sul tavolo. «Io, al contrario dei colleghi italiani, *adoro* queste cose. E devo prendere confidenza con l'ambiente, come mi è stato ordinato. Sono trascorsi otto anni dall'ultima volta che sono stato qui.»

Già, mi aveva raccontato di essere stato alla sede di Milano, ma prima che io fossi assunta alla "Emerald", per cui non ci eravamo incrociati. Comunque, sottolinea la parola *adoro* con il tono di voce. No, non è vero! Io lo so che non è vero. E conosco lui, Connor Milligan. Non ama particolarmente il Natale e di certo non adora queste cose. Sta solo cercando il modo di mettermi a disagio, di farmi sentire in imbarazzo. Orgoglio vendicativo irlandese? Può essere.

«Mmh… sì, certo.»

«Hai qualche dubbio?» sorride, ora in modo più dolce, e si guarda intorno. «Bello, il Natale qui dentro. Fa proprio sentire l'atmosfera.»

Il suo tono ora è gentile, ma non troppo caloroso. C'è una sfumatura di distacco nella sua voce, come se apprezzasse la scena ma non vi appartenesse del tutto. E sembra gli sia passata anche la voglia di prendermi in giro, in preda a un repentino sbalzo d'umore.

«Ora ti piace il Natale, quindi.» Cerco di interagire, anche solo per riequilibrare la tensione. Ma la verità è che non so nemmeno io cosa dire.

«Diciamo che non lo odio, lo sopporto. Tanto non credo sia evitabile, soprattutto nel nostro lavoro.»

Annuisco, non so come replicare. Connor ora si sta dimostrando gentile, ma credo sia più per dovere che per intenzione. Temo stia solo elaborando la mia presenza qui per decidere come relazionarsi con me. O forse mi sbaglio su di lui, forse non è il tipo che serba rancore. Però c'è sempre qualcosa di criptico nel suo modo di fare, l'ho pensato fin da subito, dalla prima volta che l'ho incontrato. Più o meno nello stesso periodo, sei anni fa.

In ogni caso, si presta docilmente al compito promesso, mi aiuta a districare alcuni addobbi natalizi e ad appendere le decorazioni per tutta la sala. Lavoriamo per lo più in silenzio e di comune accordo, prima che si allontani per la sua riunione con Patrick Kingston.

"L'operazione sala relax" almeno è conclusa, a qualcosa è servito l'irlandese dei miei incubi. Io però, ora che se n'è andato, devo ancora passare alla fase in cui faccio i conti con la realtà e mi rendo conto di non essermelo solo sognato.

«E allora?» Cristina, che probabilmente è rimasta in agguato, mi compare accanto con un sorriso furbo. «Raccontami tutto! Compresi i particolari indecenti. Anzi, soprattutto quelli!»

«Allora niente. Ci siamo già incontrati sei anni fa, quando ho fatto lo stage a Dublino. Tutto qui.»

«Elena Valli, non mi freghi!» Cristina scuote la testa con aria indignata. Ha ragione, è impossibile fregarla e io non sono brava a raccontare balle. «Gli sguardi non mentono. Tra te e quell'irlandese stuzzicante è successo qualcosa! Qualcosa di bollente!»

«No, io…» Stringo le labbra, poi sollevo le spalle mostrando indifferenza. Come si può definire il mio? Rimpianto? Rimorso? Non lo so, però mi sento pericolosamente in bilico. «Diciamo che sarebbe potuto succedere davvero qualcosa. Ma non è accaduto. A causa mia.»

CAPITOLO 3

Dicembre possiede la straordinaria capacità di trasformare l'ufficio della "Emerald Ink House" in un piccolo microcosmo di emozioni amplificate. Le giornate sembrano più brevi, le riunioni più animate e il clima generale si alterna tra frenesia e attesa. Qualcosa che non cambia mai, del resto. Anche quest'anno, l'attrazione principale del periodo rimane la grande festa natalizia aziendale, programmata per il 20 dicembre, fonte di aspettativa per tutti quanti. Ma c'è anche un altro evento che ha già iniziato a generare fermento tra i corridoi della casa editrice: lo scambio di regali del Secret Santa, il Babbo Natale Segreto che si svolgerà proprio all'interno della festa aziendale.

L'idea di pescare un nome a caso e dover comprare un regalo per quella persona è, per molti, un'occasione divertente. Per me, invece, rappresenta una fonte inesauribile di ansia perché so che probabilmente la persona in questione non sarà soddisfatta del mio regalo. Non ne comprendo il senso, anche se ormai qui è diventata una moda. In fondo si tratta soltanto di un gioco, mi rendo conto. Dovrei prenderlo con più leggerezza e superficialità, come fanno gli altri, almeno credo.

Però in questo momento, seduta al lungo tavolo della sala riunioni, con una piccola ciotola rossa piena di bigliettini di carta davanti a me, mi sento nervosa.

«Forza Elena, pesca il tuo nome» mi incalza Cristina, che mi siede accanto visibilmente entusiasta. Ha già pescato il suo biglietto e lo tiene nascosto con un sorriso misterioso. «È il tuo turno.»

Annuisco e sorrido, fisso la ciotola con aria severa, come se fossi alla ricerca della giusta ispirazione per scovare il mio tesoro. Ci metto un po' di enfasi, fingendo di essere davvero coinvolta nel gioco, e premo i palmi sulle tempie. Alla fine, sospiro, chiudo gli occhi e immergo la mano nella ciotola, mescolando i bigliettini con le dita. Ne estraggo uno piegato e lo tengo nascosto contro il palmo per qualche secondo. Poi lo apro lentamente, come se fosse un documento top secret. Quando inizio a intravedere e a riconoscere il nome scritto, il cuore mi rimbalza nel petto.

Connor Milligan. Che per fortuna è seduto a distanza di sicurezza da me, con altre persone in mezzo che ci separano, e non può notare la mia espressione disarmata quando mi ritrovo di fronte il suo nome, come per un perfido scherzo del destino. Un destino infido e diabolico.

Perché proprio a me?

Per i giorni successivi al suo arrivo inaspettato, tra riunioni e progetti in corso, sono quasi riuscita a evitarlo del tutto! Invece ora è qui, scritto nero su bianco. E io...

«Allora, chi hai pescato?» Cristina interrompe i miei pensieri e si piega leggermente verso di me, cercando di sbirciare, mentre la ciotola con i bigliettini è passata sul tavolo alle persone successive. Ma io sono più svelta, richiudo il biglietto e lo infilo tra le pagine della mia agenda.

«Nessuno di interessante» dissimulo la mia sensazione di disagio, cercando di sembrare disinvolta. E sperando di suonare convincente, una volta tanto, in modo da non tradire il turbamento.

Rivelarlo a Cristina è un conto. Rischiare di esporre il mio stato d'animo di fronte a tutti gli altri è un altro.

Intanto però penso che questa non mi ci voleva! Per tutto il resto della mattinata, l'idea di dover scegliere un regalo per Connor mi martella in testa. Cosa si regala a uno come lui? A qualcuno con cui si ha un passato che in realtà non è nemmeno un passato ma una sorta di affare non concluso, di desiderio rimasto in sospeso? Mi sento già sopraffatta dall'idea di dover trovare qualcosa che sia personale ma non troppo, originale ma non eccentrico. Avrei preferito chiunque, davvero chiunque. Compresi Chiara Anselmi e Alberto Giraldi, i grandi capi che nemmeno partecipano al nostro giochetto. Compresa anche la nostra "adorabile" e incontentabile viperissima collega Alessia Marini.

Poco dopo la pausa pranzo, mentre mi arrovello sulla questione prendendo il caffè in sala relax insieme a Cristina, proprio Alessia si manifesta di fronte a noi, come se l'avessi richiamata telepaticamente con la forza del pensiero. Sfodera la sua solita sicurezza invidiabile e un sorriso affilato come una lama.

«Allora, ragazze, pronte per il Secret Santa?» ci domanda con voce dolce, ma con un sottofondo perfido. «Non vi chiederò chi avete pescato, so che è un segreto. Però posso almeno augurarvi buona fortuna, vero?»

Io mi limito a un sorrisetto di circostanza accompagnato da un cenno del capo. Spero di riuscire a restare indecifrabile e criptica, come una sfinge, ma dubito di riuscirci. Cristina, invece, non perde occasione di dimostrare il suo entusiasmo. Anche se dubito sia sincera.

«Non avrei potuto chiedere di meglio! Ho già in mente il regalo perfetto per la persona perfetta!»

«Anche io!» Alessia ne approfitta, congiunge le mani e incrocia le dita come una bambina che ha appena realizzato il suo desiderio più grande. «Un regalo perfetto che sono sicura sarà molto apprezzato dal mio destinatario.»

Così dicendo, lancia un'intensa e significativa occhiata verso Connor, seduto a un tavolo poco distante con un paio di colleghi.

Connor? Davvero il biglietto pescato da Alessia riporta il nome di Connor? Ci dev'essere un errore, perché io…

No, non ci casco! O sono stati inseriti due biglietti con lo stesso nome oppure, cosa più probabile, Alessia sta tentando di trarmi in inganno allo scopo di farmi rivelare qualcosa.

Mi mantengo impassibile, non reagisco e non mi scompongo. Lancio solo una breve occhiata a Connor, seguendo la direzione dello sguardo di Alessia.

Resta il fatto che, inevitabilmente, mi sento attraversare da una fitta di insicurezza, odiosa e spiazzante. Alessia è brillante, sicura di sé, sempre impeccabile. Anzi, oggi sembra brillare più del solito. Per la sezione italiana della "Emerald" supervisiona il marketing delle collane più importanti e degli autori più celebri. Come potrò competere con lei?

No, un attimo! Facciamo un passo indietro. Anzi, anche due o tre! Perché mai dovrei competere con Alessia? Per Connor Milligan? Non ci devo nemmeno pensare, è una sciocchezza enorme, colossale. Io sono fuori dai giochi, ormai. Fuori dai suoi orizzonti, fuori da qualunque circostanza lo riguardi.

Evito di pensarci per tutto il resto della giornata, mi concentro sul mio lavoro e mi rintano dietro alla scrivania del mio "bugigattolo", il piccolo ufficio dove passo buona parte delle mie giornate. In certi casi il mio computer diventa il mio migliore amico, insieme a una tazza di caffè fumante e a una barretta di cioccolato.

Arrivata a casa, quella stessa sera, non chiedo altro che una cena leggera e un po' di calma, magari di fronte a un film natalizio. Anche se minuscolo, adoro il mio appartamento situato in una piccola traversa di Corso Garibaldi. Ho avuto una grandissima fortuna a trovarlo e qui ho costruito tutto il mio mondo, tra libri, deliziose fatine e adorabili folletti che colleziono da... okay, dal mio viaggio in Irlanda.

Meglio non pensarci. E non pensare nemmeno a chi è stato il primo a regalarmi il mio primo folletto intagliato nel legno che legge un libro, un Natale di sei anni fa. Scuoto la testa, come se colui che ha preso possesso dei miei pensieri negli ultimi giorni potesse così uscire dalla mia mente, una volta per tutte. Ma non funziona, purtroppo.

Sbuffo, mi rannicchio sul divano e inizio a selezionare le proposte di Netflix, sgranocchiando il mio take-away cinese. Quando finalmente mi decido e pregusto l'inizio di una nuova serie, il mio cellulare prende a squillare.

«Ciao, mamma.»

«Elena! Come stai, tesoro?» La voce di mia madre, come sempre, è squillante e piena d'entusiasmo, al contrario della mia sempre un po' cupa e infastidita. «Ho una notizia per te!»

«Ah, davvero? E quale?»

«Visto che sei sempre tanto impegnata con la casa editrice in questo periodo, stiamo pensando di venire noi a Milano quest'anno per Natale! Cosa ne dici?»

Non so come accogliere l'idea, ma in questo modo potrei evitare un viaggio di andata e ritorno verso Rimini e concentrarmi di più sul lavoro, mettendo in mostra le mie capacità.

«Mi sembra un'ottima idea, però…»

«Non ti disturberemo, tranquilla! Ne stavo parlando con la mia amica Daniela, te la ricordi vero? Ecco, sua sorella Rita e il marito vivono a Milano ma vorrebbero passare le vacanze di Natale qui a Rimini. Così ci presterebbero la loro casa, in Corso Garibaldi. Ho già controllato, è piuttosto vicino a dove vivi tu... Quindi ho pensato di accettare, se sei d'accordo.»

«Sì, per me va bene, mamma.»

«Perfetto, allora! Sarà bello trascorrere il Natale insieme a Milano. Così, magari potremmo conoscere qualche tuo amico speciale... o fidanzato...»

Ecco, mia madre ha la straordinaria dote di girare intorno alle questioni per poi andare direttamente al punto, senza mezzi termini.

Mi porto una mano sulla fronte e sospiro rassegnata.

«Mamma, te l'ho già detto, non c'è nessun amico speciale o fidanzato. Non ne avrei nemmeno il tempo. Per lo più esco con Cristina, suo cugino Davide e altri colleghi. Ma sono tutti solo amici e basta.»

Nessuno di cui valga la pena parlare, per lo meno. Da oltre cinque anni.

«Ma dai, cara, Natale è il momento perfetto per innamorarsi. Tra questi "solo amici", sicuramente avrai qualcuno che ti fa battere il cuore.»

«No, mamma. Per quanto mi riguarda, Natale è il momento perfetto per rimpinzarsi di dolci e ingrassare. Per essere più buoni, forse. Ma non per innamorarsi.»

Il pensiero di Connor mi attraversa la mente per un attimo, come una meteora, ma mi affretto a scacciarlo. Sono fuori tempo, con lui. Lo so fin troppo bene.

Nonostante le vivaci proteste di mia madre, resto della mia idea. Quando chiudo la chiamata, mi sento invadere l'anima da un misto di gioia e preoccupazione. Adoro i miei genitori, ma la loro capacità di mettere in scena un interrogatorio degno di un detective può diventare per me una fonte inesauribile di stress. Mi rendo conto che detestano l'idea di sapermi sola, soprattutto dopo il tradimento di Tommaso, il mio ex fidanzato che loro stimavano oltre ogni misura, essendo figlio di loro amici. Credo sia soprattutto la sensazione di essersi sbagliati così tanto su di lui ad affliggerli. Io e Tommaso siamo cresciuti insieme, abbiamo frequentato lo stesso liceo a Rimini e sempre insieme ci siamo trasferiti a Milano per frequentare l'università, io lingue e letterature straniere, lui ingegneria.

Ma, del resto, sono stata io la prima a sbagliare. A forzarmi nel tentativo di restargli fedele anche quando il mio cuore aveva preso tutt'altra direzione. Per poi tornare a casa, dopo uno stage di sei mesi a Dublino, e scoprire che Tommaso mi aveva già lasciata per un'altra, incapace a suo dire di mantenere una relazione a distanza. Solo che si era dimenticato di informarmi. Come si era dimenticato di farmi sapere che aveva smesso di amarmi fin da prima della mia partenza.

Scuoto di nuovo la testa, sperando di estirpare certe sensazioni sgradevoli dalla mente e dal cuore. Non posso incolpare Tommaso, non del tutto almeno. Forse io a Dublino non l'ho tradito fisicamente, non allo stesso modo, lasciandomi andare anima e corpo alla passione, però... Però ho mentito, a Cristina e in parte anche a me stessa. Tra me e Connor è successo molto più di "qualcosa".

Mi alzo dal divano, non trovo più tanto allettante l'idea di crogiolarmi di fronte a una nuova serie. Anzi, mi sembra deprimente ora. Raggiungo la mia scrivania e accendo il computer, che emana una luce calda nella stanza semibuia. Il Natale è sempre stato il periodo dell'anno che amo di più, nonostante non rispecchi più i miei sogni di bambina e adolescente, ma mi chiedo se questa volta porterà con sé più complicazioni che gioie nella mia vita.

Mi distolgo per un attimo e guardo fuori dalla finestra, dove le luci della città brillano come stelle artificiali appese in cielo. Poi torno allo schermo del mio computer, che resta lì, in attesa che io mi metta al lavoro. E prometto solennemente di fare del mio meglio. Dopotutto si tratta solo di qualche settimana, meno di un mese. Sì, farò davvero del mio meglio. Per il

Secret Santa, per il mio lavoro, per i miei genitori e, forse, un po' anche per me stessa.

CAPITOLO 4

La mattina seguente, Milano si sveglia avvolta in un sottile velo di foschia, che rende le luci natalizie ancora più suggestive. Attraverso Piazza del Duomo con passo svelto, cercando di raggiungere la caffetteria dove ho appuntamento con Cristina e con suo cugino Davide che è tornato a Milano dopo una trasferta di lavoro a Firenze di circa tre mesi. È un grafico e videomaker eccezionale, con una passione viscerale per il teatro, e collabora spesso con la "Emerald Ink House". Ora sembra propenso a restare.

«Davide non vede davvero l'ora di rivederti!» Sono tra le prime parole che Cristina mi rivolge, appena ci accomodiamo al tavolino dell'accogliente caffetteria, una delle nostre preferite in città. Abbiamo scelto un angolino accanto alla vetrata, da cui si possono osservare le persone camminare verso le prime bancarelle del mercatino di Natale, e ordinato una bella cioccolata calda con la panna in attesa che Davide ci raggiunga.

La capisco all'istante. In mezza frazione di secondo, a dire il vero. Forse perché conosco bene la mia amica, o magari perché in determinate circostanze Cristina è davvero trasparente. Nel corso delle giornate successive all'arrivo di Connor, non mi ha dato tregua e mi ha quasi costretta a raccontarle ciò che è accaduto tra noi a Dublino. Quel più di "qualcosa" che mi ostino a negare, anche con me stessa. Inoltre si è accorta, come me, delle manovre di Alessia nei suoi confronti.

«Cris, so che le intenzioni sono buone, però...» rispondo, stringendo tra le mani la mia tazza di cioccolata. Il calore mi fa stare bene, ma non abbastanza da sciogliere il nervosismo che sento crescere dentro di me ultimamente. «Non ho bisogno di qualcuno per tentare di farmi passare una sbandata risalente a sei anni fa.»

«A me sembra più una sbandata ancora in corso, però farò finta di darti ragione!» Cristina ridacchia e mi strizza l'occhio. «Ti assicuro che le mie intenzioni non sono quelle che credi, comunque. Conosci già Davide, sai quanto sa essere divertente con la sua personalità così... eccentrica, diciamo! Questo mese tornerà a lavorare a tempo pieno alla "Emerald", così ci scrolleremo di dosso un po' di ansia prenatalizia e magari Chiara si dimostrerà meno estenuante. E poi chissà, una buona dose di gelosia potrebbe funzionare per smuovere un certo irlandese dal cuore di ghiaccio...»

«L'irlandese dal cuore di ghiaccio, come lo chiami tu, si è sentito ferito nel suo orgoglio di maschio quando mi sono vista costretta a respingerlo nonostante la mia folle attrazione nei suoi confronti. E non immagina nemmeno quanto mi sia costato! Comunque, tu non lo conosci ancora come lo conosco io... non cederà mai.» Sospiro e mi mordo le labbra. Sento una fitta, come se una spina mi stesse pungendo il cuore, mentre spiego le mie ragioni. Sorseggio un po' della mia cioccolata che all'improvviso mi sembra diventata amara e addirittura acida. «Non credo di aver mai conosciuto una persona più orgogliosa e ostinata di lui. Nella sua ottica io ho scelto un altro, fine della storia. La verità è che mi sentivo troppo in colpa, così ho scelto di non ferire Tommaso, che conoscevo da una vita. Purtroppo, la mia "correttezza" è stata ripagata come sai.»

«Oh, questi uomini! Sono la nostra dannazione!» Cristina sbuffa e alza gli occhi al cielo. «E tutto per quel cazzone di Tommaso che nel frattempo...»

Cristina fa un gesto stizzito con la mano, evitando di proseguire. Io e lei ci siamo incontrate alla "Emerald" in seguito al mio rientro a Milano e alla mia rottura con Tommaso, ma conosce bene i miei trascorsi.

«Non è stata tutta colpa di Tommaso, io ho gestito male la situazione. Malissimo. Ma avevo soltanto ventitré anni. Non che nel frattempo sia maturata granché, lo ammetto.»

Il nostro discorso viene interrotto dall'arrivo di Davide che porta con sé la sua ventata di energia e ottimismo.

«Buongiorno a voi, bellezze!» Prende posto al nostro tavolino, appoggiando a terra il suo enorme zaino. «Ho interrotto qualcosa di importante? Avete due faccine serie tendenti all'incazzato che sono tutto un programma!»

Così dicendo si piega prima verso di me e poi verso Cristina, salutandoci entrambe con un bacio sulla guancia.

Cris non ha tutti i torti. Suo cugino, Davide Sarpi, sarebbe proprio il tipo ideale se volessi fare ingelosire qualcuno. Alto, snello, carismatico, con una testa di abbondanti riccioli castani, un sorriso contagioso e due occhi nocciola talmente espressivi da sciogliere chiunque. Di certo fa un certo effetto sulla cameriera che è venuta a prendere la sua ordinazione e già arrossisce sotto al suo sguardo malizioso.

Inoltre, Davide è dotato di una personalità decisamente eccentrica, come l'ha descritta Cristina, anche nell'abbigliamento. Questa mattina indossa una sciarpa di lana a righe vivaci e un cappotto lungo che sembra uscito da un guardaroba teatrale. Sono certa che ci sia qualche costumista tra le sue conquiste.

«Niente di importante.» Cerco di tagliare corto, prima che Cristina lo metta al corrente dei miei inutili drammi sentimentali. «Sono contenta che tu sia tornato qui a Milano. Raccontaci di Firenze. Com'è andata?»

Mi sento immediatamente più rilassata appena cambiamo discorso. Firenze è indubbiamente un argomento più interessante di quanto lo sia la mia attuale situazione e Davide adora parlare delle sue esperienze di viaggio, alla scoperta di altri paesi e città.

«Adoro sperimentare la vita in altre città, in Italia e all'estero» conclude, mentre io e Cristina confermiamo con entusiasmo. «Ma poi mi piace tornare a casa e ritrovare il mio mondo.»

«La verità è che io non potrei vivere altrove. Amo troppo Milano!» ammette Cristina, stringendosi nelle spalle. «Viaggi e vacanze sì, trasferimenti, a medio e lungo termine, no.»

«Dici così perché non ci hai mai provato veramente!» ribatte Davide. «Tu cosa ne pensi, Elena? Hai vissuto in Irlanda per un po', se non ricordo male, nel corso del tuo primo anno alla "Emerald".»

Ecco, come non detto! Proprio il discorso che avrei voluto evitare. Ma, mi rendo conto, non è colpa di Davide e nemmeno di Cristina. Anche perché ne abbiamo parlato tranquillamente altre volte, senza che subentrasse in me questa sorta di malinconia deprimente mescolata al rimpianto che si prova di fronte a qualcosa che poteva essere e non è stato.

«Sì, io... mi è piaciuto, certo. È stata un'esperienza interessante.» Rispondo qualcosa a caso. Omettendo di aggiungere che è stata un'esperienza che avrei prolungato a tempo indeterminato tra le braccia di un irlandese focoso e intraprendente che mi ha stregato il cuore e i sensi.

Mi sento avvampare al solo pensiero e, nel tentativo di coprirmi il viso, mi rifugio in ciò che rimane della mia cioccolata ormai quasi agli sgoccioli.

Inevitabilmente mi sento gli sguardi di Cristina e Davide puntati addosso. Ma è lui a tentare di cambiare nuovamente discorso.

«E comunque... con il Natale come siete messe? Già stressate alla "Emerald"?»

«Sì, in pratica stiamo contando i giorni.» Cristina mi precede, lanciandomi un'occhiata comprensiva. «Le campagne pubblicitarie da lanciare, almeno idealmente, sono praticamente pronte, ormai. Però alla fine temo che arriveremo al limite con le scadenze, come sempre. Tra autori insoddisfatti, agenti che non ci danno tregua, Chiara e Alberto che scalpitano e Patrick che non sarà da meno… diventeremo parte delle mura della "Emerald", temo.» A un certo punto, comprende che non rischio più di crollare e che è arrivato il momento di coinvolgermi nel discorso. «Partirai per Rimini il 23 o il 24? Spero che non ti costringeranno a lavorare proprio fino all'ultimo.»

«Non partirò affatto, quest'anno.» Sì, sto bene ora. Finalmente un discorso che non rischia di sconvolgere troppo i miei già fragili equilibri. «I miei genitori hanno deciso di trascorrere il Natale qui a Milano, per questa volta.»

«Ottimo, allora!» esclama Davide, entusiasta.

«Sì, certo!» annuisco sorridendo. «A parte gli infiniti interrogatori sulla mia vita sentimentale e qualche mio prevedibile disastro in cucina, andrà tutto a meraviglia.»

«Tranquilla, bellezza!» Davide sorride comprensivo, posando la sua grande mano sulla mia testa. «Se hai bisogno di un alleato per affrontare i genitori in vena di domande indiscrete, io sono il tuo uomo. Sono bravissimo a tenere impegnate le persone e a spostare i discorsi altrove. Lo sai, vero?»

Rido di gusto. È proprio vero, Davide è un attore nato, le sue doti recitative sono evidenti. E incontrarlo, questa mattina, mi ha fatto bene, mi ha rilassata. Stemperare un po' la tensione e placare la tempesta emotiva che mi ha provocato l'arrivo improvviso di Connor è ciò di cui avevo più bisogno.

Devo affrontarlo, lo so. Perché lui non sparirà dall'oggi al domani, è destinato a restare fino alla fine del mese, forse anche più a lungo. E io devo riuscire a controllare ciò che provo. Soprattutto perché lui, a questo punto, quasi certamente non prova più lo stesso nei miei confronti.

L'ho definito orgoglioso e ostinato. Ma la verità è che io non sono molto diversa da lui, non lo sono mai stata. Anche io sono così. E non sopporterei l'idea di sentire qualcosa di così intenso per qualcuno in cui io, ormai, suscito solo indifferenza.

CAPITOLO 5

Connor

Dublino, circa sei anni prima

Se c'è una cosa che non sono riuscito a capire, è il motivo di questa fusione che Patrick Kingston qualche anno fa ha deciso di intraprendere con una casa editrice italiana. Non che la "Shamrock Quill Press" non necessitasse un rinnovamento, però... però la scelta mi è sembrata un po' azzardata.

Comunque, il capo è lui e temo si sia lasciato ammaliare dall'aspetto seducente di Chiara Anselmi. Anche se le sue follie ricadranno su di noi, su di me. Ho deciso di restare alla "Shamrock" (io la chiamo ancora così nella mia testa, ma dovrò abituarmi al nuovo nome, prima o poi) come responsabile marketing junior, perché in fondo è proprio qui che sono nato. E sono fedele a Patrick perché è stato lui il primo a offrirmi l'opportunità di avviare la mia carriera cinque anni fa, di evolvermi, di viaggiare, di scoprire mondi che vanno molto al di là dei ristretti confini irlandesi, di portare nuova linfa vitale nella casa editrice che, in questi anni, sto incominciando a sentire anche un po' mia.

Quindi, alla fine, oltre ad essermi stato offerto di acquistare alcune azioni della nuova nata "Emerald Ink House", mi è stato assegnato il compito di aiutarla a progredire e ad espandersi, giorno dopo giorno.

Tra le altre cose, ora dovrò prendermi cura anche di alcuni stagisti italiani che si alterneranno nel corso dei prossimi mesi. Di una, al momento. Patrick sta approfittando della mia discreta conoscenza della lingua, visto che la mia nonna materna era italiana, oltre al fatto che Abigail Johnson, la nostra responsabile addetta agli scambi culturali internazionali, è in maternità e ci resterà fino al prossimo anno. Quindi le sue "incombenze internazionali" ricadranno sulle mie spalle. Compresa questa ragazza, che io avrò il compito di introdurre in azienda e "svezzare".

Se fossi stato al corrente del mio destino, sarei rimasto in Australia ancora per qualche mese, alla ricerca di nuovi autori e in visita a mia madre e a mia sorella, nel frattempo.

«La ragazza italiana che Abby aveva scelto come assistente sembra abbastanza sveglia, non credo che ti causerà troppe seccature.» Patrick cerca tra le sue carte, poi trova l'appunto disperso e si stringe nelle spalle. «Elena Valli, ventitré anni. Ah sì, l'ho incrociata un paio di volte, un po' timida, accento non eccellente ma migliorabile, si trova qui da due mesi e resterà più o meno per altri quattro, fino a Natale. È arrivata qualche giorno dopo la tua partenza per l'Australia.»

Patrick sospira con aria annoiata, si sistema gli occhiali sottili, poi li abbandona sulla scrivania e si passa una mano tra i capelli biondi. Ha ereditato la casa editrice dal padre, che l'ha fondata nel vivace quartiere di Smithfield circa trent'anni fa, spinto da una passione irresistibile nei confronti dei libri e dell'editoria in generale. A volte mi chiedo se sia stato proprio questo il vero sogno di Patrick, che condivide con me un passato da giocatore di rugby, o si sia adattato solo per non causare un dispiacere al padre che ora comunque non c'è più. E per il fatto che ormai era cosa fatta, tanto valeva prenderne atto e approfittarne. Tutto è possibile, ma avendo ora superato ampiamente i quarant'anni non credo che cercherà altre strade.

Avere meno seccature possibili, in ogni caso, sembra rientrare tra le sue massime aspirazioni da quando lo conosco. Anche se in fondo io so che ama la casa editrice, ama questo ambiente, adora quando tutto va bene, quando i nostri libri hanno successo e gli autori sono entusiasti del risultato. E non la lascerebbe andare, per nulla al mondo.

«Non lo metto in dubbio, Patrick. Ciò che mi lascia perplesso è la necessità di questi scambi culturali. Come se fossero imprescindibili per consolidare il nostro rapporto con...» Faccio un gesto un po' spazientito. Non sono abituato a fare da baby-sitter a qualcuno. Comunque, concludo la frase. «Con la sede italiana.»

Un programma di scambio a mio parere inutile ma a cui ho partecipato anche io, trascorrendo qualche settimana a Milano un paio di anni fa. Ma fortemente voluto da Chiara Anselmi, incoraggiato da Abigail Johnson e a cui Patrick ha concesso la sua piena approvazione.

«So come la pensi, Connor, e non me la sento di darti torto. Però... si tratta solo di ampliare la nostra comune visione e cercare di stringere sempre di più la nostra alleanza con uno scambio di personale giovane, creativo e plasmabile.»

«Okay... Allora non mi resta che accettare la vostra decisione e prendermi cura di questa... come si chiama?»

Questa Elena Valli. Che non è propriamente timida, come l'ha descritta Patrick, ma stravagantemente imbranata e moderatamente permalosa. E, da quando è diventata mia assistente, se così si può definire, mi guarda come se volesse spedirmi in orbita su qualche altro pianeta pur di avere indietro l'adorabile Abby con cui ha trascorso i suoi primi due mesi qui. Altro che lasciarsi plasmare da me! Leggo lampi d'odio nei miei confronti in quegli occhioni scuri e la cosa mi diverte anche se detesto ammetterlo.

Lo so, lo so, io non sono bravo in queste cose. Non ho pazienza, do tutto per scontato. E mi aspetto che le persone che lavorano per me e con me mi leggano nel pensiero all'istante.

«Fai dieci copie del fascicolo per la nuova campagna pubblicitaria della collana fantasy per ragazzi, Elena.» Scandisco le parole. A volte, quando le impartisco certi ordini come fotocopiare e riordinare schedari, sgrana gli occhi su di me come se non capisse il mio inglese. Inizio a pensare che non sia esattamente questo il suo problema. «Così la presentiamo durante la riunione con Patrick e i dirigenti. Ti ringrazio, Elena.»

La vedo arrossire, quando pronuncio il suo nome con una certa enfasi. Ma a me piace, mi diverte.

«Certamente.» Sembra aver fatto l'abbonamento a questa parola, anche se la scandisce con lo stesso tono che forse userebbe per mandarmi all'inferno. E, al contrario di me, non pronuncia mai il mio nome.

Mi ritrovo a pensare a lei e non so nemmeno io perché. Vorrei saperne di più, credo. Di lei e del suo mondo, quel mondo che tiene celato dietro a quei grandi occhi scuri. Mi chiedo

50

com'era la sua vita, prima di arrivare qui. Se ha qualcuno a casa che l'aspetta. Magari genitori, fratelli, sorelle e anche un uomo che non vede l'ora di prenderla tra le braccia, di stringerla, di baciarla.

Ma, ovviamente, queste cose non si possono chiedere a una specie di assistente che si trova qui per un programma di scambio culturale. Abigail avrebbe potuto farlo, con quella sua aria amichevole e il tono dolce e gentile, ma sarebbe troppo invadente, da parte mia. Perché io sono un uomo e lei, Elena Valli, una ragazza piuttosto attraente, dal mio punto di vista. Con quegli occhi da cerbiatto, i lineamenti delicati, il fisico minuto e i capelli castani, lunghi e morbidi. Anche se siamo quasi coetanei e, fuori di qui, saremmo solo un ragazzo di ventisei anni e una ragazza di ventitré che potrebbero provare a conoscersi, a scambiarsi qualche opinione, qualche stralcio di vita.

Qui dentro, alla "Emerald Ink House" dobbiamo essere professionali e distaccati. E a me tocca tenere a bada la mia irruenza che si scontra, giorno dopo giorno, con l'eccitante fragilità di Elena. Ciò che si mescola e nasconde in lei, voglio dire, che appare a prima vista come fragilità, innocenza. Intanto però mi rivolge sguardi truci, carichi d'ira contenuta, ostilità e supponenza.

«Presenterai tu la nuova strategia di marketing della campagna.» Le punto gli occhi addosso, quando si ripresenta alla mia scrivania con il materiale fotocopiato. Non aggiungo altro, rimango in attesa di una sua reazione.

Infatti, ora sgrana gli occhi e mi guarda come se fosse sul punto di vomitarmi addosso. Non credo sia un buon segno. Mi rendo conto di essere uno stronzo e di aver detto una cazzata abnorme. Oltretutto sarei proprio io il primo a rimetterci! Ma ormai è fatta, non mi rimangerò la parola. Volevo sorprenderla (anche se sembra ancora sul punto di rigurgitare addosso a me e alla mia idea geniale) e ci sono riuscito alla grande, a quando pare. Aspetto una sua ulteriore reazione, anche se inizio a dubitare che sia in grado di esprimere altro, ormai.

«Perché?» È l'unica parola che mi rivolge. Una domanda sintetica, nulla più.

Ed è proprio questo il momento esatto in cui io, Connor Milligan, con la mia risposta stupisco me stesso più di quanto abbia stravolto e scioccato lei.

«Perché è arrivato il momento. Perché puoi farcela. Perché sei brava, Elena.» Davvero le ho rivolto un complimento? Davvero la sto incoraggiando come un motivatore, un dannato sostenitore del pensiero positivo? Sì, a quanto pare, la vedo arrossire e i suoi occhi diventano lucidissimi. Mi istiga a persistere. «Del resto, hai contribuito con le tue idee. Quindi, presenterai tu la nuova strategia di marketing per la collana fantasy. Io so che puoi farcela.»

CAPITOLO 6

La colazione con Cristina e Davide mi ha rinvigorita. Mi sento decisamente più leggera e il mio umore non è più così funereo.

Anche se il discorso iniziale tra me e Cristina non è del tutto rimosso dalla mia mente. Sarebbe impossibile, visto che il protagonista principale si aggira da giorni tra i corridoi della casa editrice per cui lavoro.

In ogni caso, ci provo. Mantenere il buonumore, per quanto possibile, sta diventando una delle mie priorità. Inoltre, sto pensando anche di mostrarmi più accomodante e disponibile con "l'ambiente circostante". Per questo, prima di lasciare la caffetteria dove abbiamo fatto colazione, ho pensato di comprare una bella confezione di ottimi biscotti di produzione artigianale da condividere con i colleghi. Credevo fosse un gesto carino, ma forse è proprio l'ambiente circostante ad essere ostile nei miei confronti. Rettifico, alcuni membri dell'ambiente circostante.

Durante la pausa caffè di metà mattina intravedo, intorno a un tavolino della sala relax, Cristina insieme a Sandra Carella e Luca Botti, traduttrice di libri per l'infanzia della "Emerald" e curatore editoriale della stessa collana. Sandra e Luca non girano spesso per la casa editrice, ma sono persone con cui vado piuttosto d'accordo e nel periodo natalizio sono più presenti in sede. Quindi mi sembra il momento più adatto per condividere i miei biscotti. Una volta raggiunti, però, mi rendo conto che seduto a un tavolino appartato, quasi isolato da tutti gli altri, Connor è impegnato in una fitta conversazione con Alessia. E lei si protende verso di lui nel modo sensuale e ammiccante che io non sarò mai in grado di imitare.

Vorrei evitarlo, ma nel preciso istante in cui lo vedo provo la netta sensazione di un nodo allo stomaco. Accidenti! Non dovrei sentirmi così!

Offro i biscotti a Cristina, Luca e Sandra e, dopo aver preso il mio caffè, mi siedo al tavolo con loro.

«Grazie Elena, sono squisiti!» Il commento di Sandra sui biscotti mi alleggerisce un po' la tensione. E il sorriso dolce sul suo viso paffuto mi rallegra. «Un attentato alla linea, ma davvero squisiti.»

«Sì, davvero ottimi!» aggiunge Luca, strizzando gli occhi chiari. «Proprio quello che ci voleva.»

Cristina, che era presente quando li ho comprati prima che lasciassimo la caffetteria per incamminarci verso l'ufficio, annuisce compiaciuta ma comprendo, dallo sguardo che mi rivolge, che è consapevole del mio stato d'animo.

Faccio un respiro profondo, cercando di rilassarmi. Anzi, due. Stringo i pugni, facendomi quasi male. Sono stanca, stressata e detesto sentirmi così! Ciò implica il fatto che devo inventarmi al più presto qualcosa per rimediare e per uscire dalla situazione. Agisco ancora prima di avere il tempo materiale di pensare a cosa sto facendo. Quando accade, quando comprendo che avrei dovuto riflettere prima di agire, ormai mi sono già messa in moto.

Sì, in rapida marcia verso il nemico, armata della scatola di biscotti che ho preso dal tavolo e che, in un improvviso scatto di coraggio, ho deciso di offrire anche ai due che se ne stanno appartati a… a fare non so esattamente cosa, ma dagli sguardi che si lanciano credo sarebbe più opportuno che si spostassero altrove!

Mentre mi avvicino, però, passo dopo passo, la mia sicurezza incomincia a vacillare, per poi abbandonarmi, fino a crollare clamorosamente. E la mia aria disinvolta cede il posto alla disfatta quando, a un paio di metri della meta, inciampo nella gamba della sedia posizionata al lato di un altro tavolo e plano letteralmente a terra, insieme ai miei biscotti.

Quando riprendo consapevolezza dell'accaduto, mi ritrovo inginocchiata, con le mani sul pavimento e senza la benché minima volontà di sollevare il viso per guardarmi intorno e controllare la situazione.

«Ehi! Tutto bene?»

Prima di poter reagire, sento la voce di Connor a pochi passi da me. Poi percepisco le sue mani che mi sfiorano il braccio e la schiena provocandomi un brivido indesiderato. Sollevo lo sguardo e il suo viso, stranamente preoccupato, si trova a distanza ravvicinata dal mio.

«Ti sei fatta male, Elena?» Insiste ancora.

«Io... no, no...» Cerco di sollevarmi da sola, ma non posso impedirgli di aiutarmi, come non posso evitare che il suo corpo entri in contatto col mio. Guardo a terra e vedo la bella scatola rossa decorata sul pavimento, con alcuni biscotti fuoriusciti sparsi intorno. Mi sento assalire da una malinconia inspiegabile, quasi sproporzionata rispetto all'incidente in sé. «Accidenti... mi dispiace...»

«Non ti preoccupare, può capitare.» Connor solleva la scatola da terra e l'appoggia sul tavolo accanto, controllando il contenuto. «Tranquilla, sono quasi tutti salvi.»

Nel frattempo, anche Cristina, Sandra e Luca si sono avvicinati. Alessia, invece, rimane esattamente dove si trova e, quando incrocio il suo sguardo, mi accorgo che alza gli occhi al cielo spazientita, in una sorta di stizza rabbiosa nei miei confronti.

«Grazie.» Cerco di tenere a bada il battito del cuore. Non si tratta soltanto della presenza di Connor, del suo intervento in mio aiuto. È tutta la situazione nel suo insieme a disorientarmi, a farmi provare un senso di inutilità e di disagio che mi fa venire voglia di urlare, di scappare via da qui, di sparire.

«L'importante è che non ti sia fatta male.» Connor mi posa ancora la mano sulla schiena e inclina il viso per incontrare il mio sguardo, come per cercare una rassicurazione da parte mia. I suoi occhi, con quella sfumatura di verde ora così intensa, mi mandano quasi in estasi, ma cerco di controllarmi.

Annuisco e mi volto, in cerca di Cristina e degli altri.

«Devo ripulire qui.» Mi mordo le labbra, poi abbasso lo sguardo al pavimento.

Connor ha ragione, non è un disastro irrimediabile, ma io mi sento stupida, goffa e sconclusionata, come se un senso inarrestabile di frustrazione e mortificazione si stesse impadronendo di me.

«Sono solo pochi pezzi e briciole da raccogliere, Elena.» Cristina sorride, cercando di rassicurarmi. Da come mi guarda, immagino sia consapevole del mio stato. «Ci pensiamo noi, tu stai tranquilla.»

Tutto si risolve in fretta e io, dopo la sventurata pausa caffè, torno alla mia scrivania. In questo momento spero solo che questa giornata si concluda il più in fretta possibile. Sospiro e mi concentro al pc, cerco di liberare la mente per focalizzare l'attenzione sulla mia creatività, sulle mie idee.

Quando scorgo Cristina, pochi minuti dopo, appoggiata alla parete di fronte a me, ho già una netta percezione di quali saranno le sue parole nei miei confronti.

«Tutto sommato è stata carina come scena.»

No, lo ammetto, non mi aspettavo proprio questo. Forse vuole prenderla alla larga prima di infierire su di me.

«Non ci girare troppo intorno, Cris. È stata patetica. Io sono stata patetica! Cosa diavolo mi è venuto in mente?»

«Oddio, Elena! Non perdere il senso della situazione, stavi semplicemente offrendo dei biscotti a due colleghi, proprio come hai fatto con me, Sandra e Luca!»

Sospiro, annuisco, e mi sfioro le tempie con le dita. «Così pare, ma...»

«Che uno dei due fosse Connor Milligan è solo un caso, giusto?» Cristina infierisce, senza pietà. Eccola, ora la riconosco!

«E che l'altra fosse Alessia che sembrava intenzionata a strusciarglisi addosso, un altro caso. Certo!» A questo punto, non mi resta che ammettere la realtà. «Non so cosa mi sia preso, cosa sia scattato in me…»

«Vuoi il termine ufficiale?» Cristina arriccia il naso e incrocia le braccia al petto. «Si chiama gelosia. Ti basta come spiegazione o vuoi che trovi altri sinonimi per rendere meglio l'idea?»

«Io non sono gelosa, Cris!» Alzo la voce, quasi sconvolta. «Non dire sciocchezze.»

Invece lo sono, eccome. Ed è l'idea che si sia notato così tanto a sconvolgermi davvero.

«Beh, comunque sia… lui è corso subito in tuo soccorso, da bravo cavaliere.» Il tentativo di Cristina di ridimensionare il danno è pressoché inutile. Però apprezzo lo sforzo. «Ti ha raggiunta prima di tutti.»

«Soltanto perché si trovava più vicino!» sospiro e mi stringo nelle spalle. «È stato un semplice atto di cortesia, l'avrebbe fatto per chiunque.»

Cerco di ignorare, di allontanare la sensazione, di alleggerire e sminuire ciò che è accaduto, di ridurlo a un piccolo e semplice barlume. E diventa davvero un barlume, sì. Ma di speranza.

Le sue mani su di me, il suo volto così vicino, il suo sguardo preoccupato che cerca una conferma da parte mia. I suoi occhi nei miei.

Devo ignorare tutto l'effetto che Connor Milligan produce, ancora, sul mio cuore.

«Se ti fa piacere crederlo...» Cristina sembra non darsi per vinta. «Però, in un semplice atto di cortesia, non si guarda la persona che si sta aiutando come se la si volesse baciare o proteggere dal resto del mondo.»

«Cris...»

«Qualsiasi cosa ci sia stato tra te e Connor, io credo che ci sia ancora. Nonostante le tue insicurezze, nonostante il suo orgoglio.» Cristina forse è inconsapevole delle conseguenze che le sue parole hanno sul mio cuore. È mia amica e sono certa che la sua intenzione non sia quella di farmi del male. «Il resto dipende da te. Tu cosa vuoi, Elena? Vuoi davvero abbandonare il campo e lasciarlo nelle grinfie di Alessia?»

CAPITOLO 7

La settimana successiva si apre con un cielo grigio e una pioggia sottile, che trasformano Milano in una specie di dipinto impressionista dai toni un po' cupi e sfumati. Ho trascorso buona parte del mio fine settimana con Cristina e Davide, sforzandomi di rimuovere dalla mente quello che ormai ho archiviato come "l'incidente dei biscotti".

Però adesso, mentre mi avvio lungo la strada che porta all'edificio dove ha sede la "Emerald Ink House", mi sento fremere a tal punto che, a ogni passo che percorro, ho la netta sensazione di incamminarmi verso il patibolo. Nonostante tutto, cerco di controllare il respiro per tentare di infondermi un po' di coraggio. Perché, indipendentemente dalla mia volontà, nel corso degli ultimi giorni i miei pensieri su Connor si sono moltiplicati come le lucine di Natale nei negozi a dicembre.

Ogni dettaglio di lui è stampato nella mia mente: il sorriso appena accennato, il modo in cui i capelli gli ricadono parzialmente sugli occhi verdi, il tono di voce premuroso quando mi ha aiutata ad alzarmi dopo la mia caduta, lo sguardo sarcastico ma che sa diventare anche estremamente dolce, appassionato.

L'idea di incontrarlo di nuovo mi incute un certo timore. Temo di non riuscire a controllarmi, di rendere tutto troppo evidente, troppo manifesto. Ed è il senso di vergogna per il contesto in cui ci troviamo a opprimermi, oltre al timore di essere derisa e respinta.

Ma fortunatamente, entrando in ufficio, la solita routine sembra accogliermi con una normalità rassicurante: il ticchettio della tastiera del mio computer, l'odore di carta e inchiostro, il mormorio delle conversazioni tra i colleghi. Tutto procede nella norma quasi fino all'ora di pranzo, senza che io incroci Connor. E nemmeno Alessia. Forse perché me ne sono stata rintanata nel mio "bugigattolo", saltando anche la pausa caffè di metà mattina. Per questo mi sono portata il thermos da casa, il mio è stato un piano ben congegnato. Niente caffè in sala relax, per oggi. E soprattutto niente biscotti!

Però, poco prima di mezzogiorno, Cristina mi raggiunge con un'espressione stranamente enigmatica.

«Hai già sentito anche tu?» mi chiede a voce bassa, sedendosi sul bordo della mia scrivania e guardandosi intorno. Anche se non mi sembra di vedere nessuno nelle vicinanze e nemmeno oltre al vetro del mio ufficio.

«Sentito cosa?» replico con lo stesso tono, aggrottando la fronte. Cris sembra in piena "fase complottista". Ogni tanto capita, qui dentro. Ma a lei, occupandosi della pubblicità di thriller e noir, riesce meglio che ad altri.

«Sembra che Chiara, messa alle strette da Alberto e Patrick, stia valutando dei tagli al personale per l'anno prossimo.» Cristina sospira e si stringe nelle spalle, con aria sdegnata. «Il settore marketing potrebbe essere il primo a subire riduzioni.»

Non ci credo. Non può essere vero. So che la situazione è complessa e altalenante, che le cose non vanno a meraviglia, non come dovrebbero, almeno. Ma so anche che si tratta di un problema generale, non immaginavo che la "Emerald" fosse a questo punto.

Sento il cuore stringersi. L'idea di perdere il lavoro, soprattutto nel momento in cui sto cercando di costruire qualcosa di significativo, mi terrorizza. Cerco di reagire e di non lasciarmi divorare dall'ansia.

«Ma non è nulla di definitivo, vero?»

Forse sbaglio termine. Ovviamente sarà definitivo se si tratta di tagli del personale!

Cristina sospira e mi guarda incerta, come se avesse altro da dire ma non osasse andare oltre. Non mi piace restare in sospeso.

«Cris... che cosa non mi stai dicendo?»

«Niente, è che...» sbuffa, si passa una mano tra i capelli corti e biondissimi, la trattiene e scuote la testa. «Tu sei rimasta chiusa qui tutta la mattina, non hai sentito proprio nulla, deduco.»

«Mi stai spaventando, Cristina!» Me ne frego del clima cospiratorio e delle teorie del complotto, alzo la voce. Se anche i muri hanno orecchie, che ci sentano pure!

«E va bene... Si tratta dell'arrivo di Connor Milligan.»

«In che senso?» Non voglio capire. E non voglio nemmeno arrivarci da sola, però... la mia mente sta prendendo proprio quella direzione, che mi piaccia o no.

«Nel senso che, a quanto pare, è arrivato qui per aiutare Chiara a prendere una decisione proprio riguardo a questo. Su chi potrà restare e chi sarà... sacrificabile.»

Scuoto la testa. Prima piano, lentamente. Poi in modo sempre più netto, deciso.

«No, non ci credo.» Mi sento avvampare e, allo stesso tempo, tremo internamente. «Connor fa parte della sede irlandese, non c'entra nulla con noi. Voglio dire, okay, ovvio che c'entra ma non per questo. Non so perché sia qui, forse per mettere a punto una strategia comune, ma non...»

Non per farci fuori! Però, fa parte anche lui del settore marketing, è diventato uno dei principali responsabili in Irlanda, e questo purtroppo

65

avrebbe certamente un senso, anche se non vorrei ammetterlo.

«Non si sa ancora nulla di certo.» Cristina non si premura di contraddirmi. Mi guarda con un'espressione compassionevole nello sguardo. «Ma Alessia sembra piuttosto tranquilla, anche perché credo sia stata lei a diffondere la voce. Sai come fa quando si crede intoccabile. Il punto è che... è stata a diretto contatto con Connor, in questi giorni. Anzi, da quando è arrivato, a dire il vero.»

Annuisco ma resto in silenzio. Certo che lo so, fin troppo bene. Però diffondere una voce del genere mi sembra una mossa troppo avventata, anche per lei. A meno che qualcuno non le abbia chiesto espressamente di farlo, in modo che la bastonata non arrivi direttamente dall'alto, dai capi, come un fulmine a ciel sereno. Un modo subdolo di agire, mi rendo conto. Ma a volte funziona così.

Cerco di deglutire, a fatica. Brividi di freddo mi percorrono la schiena. In questi giorni il timore di aver perso l'interesse di Connor ha dominato la mia esistenza. Ma ora il terrore di perdere il lavoro, la parte più importante della mia vita, mi sta devastando completamente. Anche perché sospetto di essere io la più sacrificabile, qui dentro. Mi occupo di marketing, ma aiuto anche nella gestione di alcune collane della casa editrice, soprattutto la "Emerald Kids", destinata a ragazzi e preadolescenti, di cui mi è capitato di revisionare alcune traduzioni. E so che negli ultimi mesi ha subito qualche flessione nelle vendite. Quando non mi presto per la decorazione natalizia della sala relax, che tutti puntualmente snobbano.

In pratica sono una sorta di jolly senza un ruolo ben definito ma che serve a tutto e a niente allo stesso tempo. Facilmente rimpiazzabile da chiunque. Ed è colpa mia perché, nel corso degli anni, mi sono adattata a tutto senza impormi, ho ubbidito sempre agli ordini solo perché amo questo lavoro, questo ambiente.

Ma che sarà proprio lui, Connor Milligan, a farmi fuori, è un destino troppo amaro per me da sopportare.

«Qualcuno ha parlato con lui?» Appoggio le mani al bordo della scrivania e stringo, stringo forte, come per aggrapparmi a qualcosa che mi impedisca di crollare, di scivolare a fondo. «Con Connor?»

«No, io non credo.» Cristina mi risponde, ma mi osserva spiazzata come se non avesse la più pallida idea di cosa aspettarsi da me in questo momento. «Elena...»

«Bene!» Scatto in piedi decisa. «Allora lo farò io!»

CAPITOLO 8

«Elena, tesoro, io non credo che sia una buona idea.»

Lo sguardo che Cristina mi rivolge sembra terrorizzato. Anzi, non lo sembra soltanto. Leggo un certo sgomento nei suoi occhi azzurri.

«Tranquilla, non ho intenzione di sbranare quello stronzo irlandese!»

«Me lo auguro...»

«Agirò con calma, promesso.» Mi risiedo e poso entrambe le mani sul petto, cercando di regolare il respiro. «Vedi? Sono calma.»

«Mi dispiace contraddirti, ma tu e la calma non sembrate una coppia inseparabile, recentemente. Tutt'altro.»

Sospiro e increspo le labbra. Come darle torto?

«Aspetterò dopo pranzo.» Cerco di raccogliere le idee, di immaginare la scena, addirittura. «Farò in modo che la conversazione sia... puramente casuale e molto pacifica, okay? La prenderò alla lontana.»

Cristina annuisce. Forse non osa contraddirmi o sta solo tentando di capire a cosa ci porterà tutto questo. Ci sto provando anch'io, in effetti.

Voglio parlare con Connor. Ma per dirgli cosa? Devo trovare il modo adatto e il tempo. Possibilmente anche il luogo. Devo girarci intorno. Del resto, io lo conosco. Anche se non è necessariamente un elemento a mio vantaggio.

Dopo il pranzo con Cristina, Sandra e Luca torno in ufficio determinata a portare avanti il mio proposito. Così, prima di rintanarmi dietro alla mia scrivania, mi dedico a un giro d'ispezione, a partire dalla reception e poi avviandomi tra i corridoi, tra le varie sale, uffici marketing e reparto grafico della casa editrice. Evito gli uffici amministrativi, dirigenziali e privati, per ovvie ragioni.

Fino ad ora ho cercato in tutti i modi di evitarlo, adesso lo voglio affrontare. Mi affaccio furtivamente e intravedo Alessia con uno dei nostri curatori editoriali nella sala relax ma di lui nemmeno l'ombra. In ogni caso, mi defilo prima di essere costretta ad affrontarla. Non è con lei che voglio instaurare una discussione.

Nel tardo pomeriggio, torno all'attacco con un altro giro ricognitivo. E finalmente lo trovo. In una delle salette più piccole dedicate alle riunioni estemporanee e da solo! La porta non è spalancata ma semiaperta, in modo tale che io riesca a sbirciare all'interno. Sta lavorando al computer, forse sta aspettando qualcuno. Rimango sulla soglia e cerco di attirare la sua attenzione con un piccolo colpo di tosse. Lui solleva lo sguardo su di me ma resta in silenzio.

Continua a scrutarmi attentamente, con i suoi occhi verdi che stringendosi mi indagano dentro, senza dire una parola.

«Ciao...» Non so bene da che parte cominciare. Non so nemmeno se sia il caso di cominciare, come avevo promesso a me stessa e a Cristina, o di darmi alla fuga. La seconda opzione mi sembra più allettante, ad essere sincera.

Al momento, sono il plateale esempio che tra il dire e il fare c'è di mezzo... quel suo sguardo intrigante, quell'atteggiamento audace ma distaccato al tempo stesso.

«Ciao, Elena.» E quando pronuncia il mio nome con la sua voce roca, in quel modo tutto suo, mi sembra di impazzire. Al punto che gli salterei addosso e...

«Mmh...» Deglutisco a fatica. Devo decidermi, maledizione! O gli parlo o scappo via. Ma non posso agire da vigliacca, non questa volta! «Potrei parlarti un attimo, Connor?»

«Certo!» Le sue labbra morbide e sensuali si aprono in un sorriso ora dolce, invitante. Fin troppo invitante. «Ho appuntamento con Patrick per una videoconferenza, ma ho ancora dieci minuti di tempo.»

«Grazie.»

Fantastico, mi ha concesso udienza. Ma ora cosa gli dico?

«Io… sono…»

«Accomodati pure.» Si alza e sposta la sedia che si trova accanto alla sua, invitandomi a sedere. «Prego.»

«Grazie.»

Sto cercando di raccogliere le idee, giuro! Ma perché nella mia mente si è creato il vuoto più assoluto? Ho un nodo in gola e pure il fiatone, come se avessi appena corso una maratona. Merda! Ma non mi faceva questo effetto anni fa, quando eravamo a Dublino… Oppure sì?

«Elena?»

Tic-toc, il tempo passa. Patrick tra dieci minuti! Che ormai saranno diventati nove, poi otto... Tic-toc!

Elena, cazzo, datti una mossa!

«Quello che volevo dirti, Connor, è che… mi fa piacere che tu sia qui.»

Mi fa piacere? Ma se lo rispedirei in Irlanda a calci nel cu..

«Anche a me. Sono contento di essere qui a Milano. E di averti trovata ancora alla "Emerald".»

Ecco, il dannato irlandese ha pronunciato la parola magica! La "Emerald". La casa editrice per cui lavoro da anni. Il mio lavoro, che rischio di perdere. A causa sua!

«Perché, dove credevi che fossi?» Ecco, ora ho recuperato il focus di questa conversazione. Il vero motivo per cui l'ho cercato per quasi tutta la sede della casa editrice, ripercorrendola più volte. Incomincio ad accerchiare il nemico, a pungolarlo per costringerlo a confessare.

«Non saprei. Nel senso, lo sapevo che c'eri, ma non ne ero del tutto certo...» Ecco, sta funzionando! Lo sto mettendo a disagio, sulla difensiva. E adesso lo farò crollare!

«Pensavi che mi avessero già mandata via?» Alla mia domanda, sgrana incredulo gli occhi su di me, che sembrano diventare all'improvviso più intensi e più verdi. Devo approfittarne per colpire? Per tentare di dargli il colpo di grazia, mettendolo al corrente del fatto che io so tutto? «Oppure sei arrivato qui tu per aiutarli a prendere questa decisione?»

«What? Elena! What are you talking about?»

Okay, si è pure perso tra le lingue, nel frattempo, passando all'inglese. Devo averlo colto davvero alla sprovvista, allora. Di cosa sto parlando, mi chiede. Come se non lo sapesse!

«You know what I'm talking about, Connor.» Oddio, mi sta scoppiando la testa. Cosa faccio adesso? Lo seguo sulla stessa strada? «Io non so cosa...»

All'improvviso un bip-bip dal suo portatile sposta l'attenzione altrove. Lanciamo entrambi un'occhiata allo schermo, ma poi torniamo a concentrarci su noi stessi. Anche Connor sembra scarsamente interessato alla riunione con il suo capo che è chiaramente in anticipo di qualche minuto.

Mi alzo di scatto, giro intorno alla sedia e mi allontano fino a raggiungere la porta d'ingresso della saletta. Ci manca soltanto che Patrick mi veda seduta accanto a Connor!

«Non so cosa tu abbia sentito.» Lo sguardo di Connor su di me diventa duro, quasi ostile, con la mascella serrata per trattenere la rabbia. E la sua padronanza dell'italiano torna impeccabile. «Ma non è quello che credi. Io sono stato mandato qui per cercare di unire le due sedi in una collaborazione proficua nel periodo natalizio, non per dividerle. Meno ancora per aiutare i nostri capi a mandare via qualcuno.»

«Io, non credevo...» Mi sento arrossire dalla vergogna. Ma quello non sarebbe poi tanto grave. La cosa peggiore è che mi sento veramente una merda, adesso.

«Ciò che davvero mi dispiace, Elena, è che proprio tu abbia pensato questo di me. Che tu abbia creduto che avrei potuto accettare una cosa del genere, di scegliere chi sacrificare qui dentro.»

Abbasso il viso. In altre circostanze ho pensato di voler scomparire. Ma nessuna regge il confronto con questa.

«Scusami.» Sollevo lo sguardo e lo affronto. Non so che altro fare. «Ho sbagliato.»

«Sì, decisamente.» Connor annuisce, severo. È glaciale ormai, nei miei confronti, e io so che la situazione non sarà più recuperabile. «Ma non tanto a credere in queste stronzate sul mio conto. Quanto...» Si ferma un istante, scuote la testa sdegnato. I suoi occhi su di me diventano due gelide lame verdi. «Quanto ad avere una così scarsa considerazione di te stessa e del tuo lavoro da convincerti che potresti essere proprio tu la persona che avrei sacrificato.»

CAPITOLO 9

Sono un disastro. Un disastro in sembianze umane, lo so.

E pensare che, idealmente, avrei dovuto prendere la questione alla lontana. Invece ho avuto la delicatezza di un carro armato, dannazione! E, in seguito alle sue parole, mi sono ritirata in silenzio, sentendomi stupida, vigliacca e miserabile.

Comunque, nei due giorni seguenti sono riuscita a evitare Connor come la peste. E credo che anche lui si sia messo d'impegno per riservarmi lo stesso trattamento. L'ho intravisto soltanto una volta, accanto alla porta della sala relax, ma all'ultimo momento lui ha voltato le spalle evitando di entrare. Era insieme ad Alessia. Non che questo cambi molto la situazione, ormai. È già tanto che lui non abbia raccontato a nessuno ciò che gli ho detto, o almeno spero.

Mi sento talmente afflitta per ciò che è accaduto che ho addirittura considerato l'idea di darmi malata, fino a quando lui resterà a Milano. Ma è comunque una pessima idea. Se davvero stanno cercando di far fuori qualcuno, con la mia assenza potrei fornire un ottimo pretesto, soprattutto visto che non sto affatto male. Non fisicamente, almeno.

Il terzo giorno immediatamente successivo alla catastrofe tra me e Connor, ricevo una e-mail da Roberta, la segretaria di Chiara, dove mi chiede di preparare un rapporto ben dettagliato su tutti i progetti passati, presenti e futuri riguardanti il settore dei libri per bambini, adolescenti e ragazzi. E anche un prospetto sulle vendite e l'apprezzamento suscitato nei lettori in base alle fasce d'età.

Va bene, sarà un lavoro piuttosto impegnativo ma non è così difficile per me, visto che sono i settori in cui mi sento più preparata. Inoltre, forse potrebbe essere un'opportunità per riuscire a dimostrare le mie capacità nell'aiutare a gestire le varie collane. Almeno mi terrà un po' impegnata nel corso dei prossimi giorni e magari riuscirò a non combinare ulteriori guai.

Mi immergo nel lavoro, cercando di ignorare le voci sui tagli del personale che comunque si sono fatte più insistenti. Sembra che la situazione sia piuttosto complessa e che riguardi anche certe pretese da parte di Alberto Giraldi nei confronti della casa editrice. Io e Cristina lo abbiamo notato aggirarsi un paio di volte, alto, secco, con quel pallore da vampiro e la sua aria sprezzante e perennemente incazzata, nel corridoio e intorno all'ufficio di Chiara. Una situazione abbastanza inconsueta, visto che di solito si presenta alla sede della "Emerald" davvero raramente, per le riunioni ufficiali più importanti, delegando tutto il lavoro proprio a Chiara. Nel periodo natalizio e invernale poi non è mai a Milano, trascorre buona parte del tempo nella sua casa alle Bahamas.

Okay, non ho grande stima per Giraldi, inutile negarlo. È un meschino approfittatore e non mi piace come si è comportato con Chiara, anni fa. Anche se io non lavoravo ancora qui e nemmeno conosco tutti i dettagli. Però, indipendentemente dalle loro vicende personali, io ho la netta sensazione che ad Alberto non importi proprio nulla della casa editrice, se non dal punto di vista economico. Per lui è un affare, tra gli altri di cui si occupa, più o meno redditizio. Dal punto di vista umano, per quanto riguarda ciò che può offrire al mondo e alle persone, per Giraldi la "Emerald" potrebbe anche non esistere.

Patrick Kingston è severo, addirittura intransigente il più delle volte, e punta anche lui al profitto, com'è giusto che sia. Però, per quanto sono riuscita a inquadrarlo nel periodo che ho trascorso a Dublino, mi sembra una brava persona. Da quanto mi aveva raccontato Connor, Patrick ha fatto del suo meglio per salvare la casa editrice ereditata dal padre, la "Shamrock Quill Press" e, allo stesso tempo, ha aiutato Chiara a non affondare con la sua "Albachiara Edizioni". Così è nata la "Emerald Ink House".

Mentre sono ancora concentrata sul mio lavoro, con la coda dell'occhio intravedo un'ombra avvicinarsi alla mia scrivania. Credo di aver perso completamente la cognizione del tempo. Sollevo la testa e sospiro.

«Ah, sei tu.» Per fortuna un volto amico. «Ciao, Cris.»

«Da due giorni non esci per pranzo.» Ecco, arriva il rimprovero, me lo aspettavo. «Salti anche la pausa caffè. Elena, stai diventando un tutt'uno con la tua scrivania e il tuo computer. E ora se ne sono già andati quasi tutti. Vuoi restare qui tutta la notte?»

«Mi sono portata qualcosa da casa per il pranzo, devo risparmiare tempo. E comunque non ho tanta fame, in questi giorni.» Sbuffo e strizzo gli occhi su di lei. Troppe ore di seguito davanti allo schermo, iniziano a farmi male e a lacrimarmi.

«Capisco che il lavoro che ti hanno affidato è importante, però…» Cristina cerca di replicare, di far valere le sue ragioni, ma io la interrompo.

«Però, se proprio vuoi saperlo, io non mi lascerò mandare via. È un lavoro lungo e stressante ma voglio finire entro oggi, a tutti i costi. Fuori da qui ho continuato a lavorare anche a casa ieri e lo farò anche questa sera. Per domani mattina ho intenzione di consegnare a Chiara il mio rapporto completo.» Cerco di rilassarmi, sorrido, mi massaggio il collo con le mani e sgranchisco le spalle. «Cosa si dice nel mondo "civile", oltre la mia scrivania?»

«Le stesse cose degli altri giorni.» Cristina sbuffa, sposta alcune cartellette e prende un po' di posto nell'angolo libero della scrivania per sedersi. «Si vocifera ancora riguardo ai tagli del personale, Luca è in procinto di iniziare una collaborazione con un'altra casa editrice, non si sa se diventerà definitiva, ma, a quanto pare, teme di non avere un futuro assicurato qui dentro se la sua collana verrà archiviata. Anche Sandra e gli altri sono preoccupati.»

«Ma non Alessia, vero?» Ecco, arrivo io direttamente al punto. Tanto ho capito che Cristina ci stava girando intorno.

«Alessia...» Cris si morde le labbra con una smorfia.

«Sono preparata, Cris.» Al peggio, ovviamente, se si tratta di Alessia Marini. E, in questo caso, sono preparata anche dal punto di vista "personale". «Cosa combina Alessia?»

«La viperissima va dicendo in giro che anche impegnarsi ventiquattro ore al giorno sarà inutile per certe persone, se ormai la decisione è stata presa.»

«Capisco.» Sbuffo e annuisco. «Ogni riferimento a persone e cose...»

Dovrei restare seria o forse dovrei incazzarmi ma invece scoppio a ridere. Sarà la tensione mescolata alla stanchezza.

«Non è affatto casuale!» conclude Cristina. «Però io credo che ci sia una sorta di disperazione in questo suo costante accanirsi sempre contro qualcuno. Ora ha preso di mira te, ma c'è un motivo specifico questa volta.»

«Ah, sì? E quale sarebbe?»

«Non credo che Connor cadrà nella sua rete.»

Le parole di Cristina mi lasciano sconcertata. Non che non ci pensassi ma, in questi giorni, ho preferito rimuovere temporaneamente qualsiasi probabile rapporto tra Alessia e Connor per concentrarmi soltanto sul lavoro.

«E perché mai?» Cerco di mantenermi fredda, distaccata, come se parlassi di qualcuno che non mi interessa affatto. Anche se non credo funzioni con Cristina.

«Perché non si dimostra interessato a lei. Anzi, rispetto agli altri uomini qui dentro, mi sembra piuttosto indifferente nei suoi confronti. Le parla o, meglio, le risponde, ma ho la sensazione che si tratti di semplice cortesia, da parte sua.»

«Mmh...»

Dovrebbe farmi piacere? Sì, dovrebbe. Ma il fatto che Connor si dimostri insensibile al fascino di Alessia non significa proprio nulla. Potrebbe anche essere solo una sua tattica per rendersi ancora più attraente ai suoi occhi. Non oso ammettere, nemmeno con me stessa, che il pensiero di Connor e Alessia insieme mi tormenta, come una spina nel cuore che non riesco a rimuovere. Una fitta di gelosia che non sono in grado di controllare, purtroppo. E non soltanto di Alessia, lo sarei di chiunque. Come lo sono già stata in passato. Mi sento troppo vulnerabile, quando si tratta di lui.

«Mmh... cosa, Elena? Hai qualche dubbio?» Cristina si appoggia con entrambe le mani al bordo della scrivania, protendendosi verso di me. «Pensi che non dipenda da te?»

«No. Io sono certa che non dipenda da me, Cris.» Scuoto la testa, rassegnata. «Sai che tra me e Connor... insomma, ti ho raccontato più o meno quello che era già successo a Dublino. Con la mia ultima brillante trovata, io sono sicura di essere l'ultima donna sulla faccia del pianeta per cui Connor Milligan proverebbe qualcosa di vagamente simile a un interesse sentimentale o anche solo amichevole. Non si tratta di dubbio, nel mio caso, ma di inconfutabile certezza.»

CAPITOLO 10

Connor

Dublino, sei anni prima

"È arrivato il momento" le ho detto. "Puoi farcela."

Non ne sono affatto convinto, volevo soltanto punirla. Punire il suo atteggiamento supponente e lo sguardo scettico che mi rivolge il più delle volte. Volevo minare la sua malcelata ostilità nei miei confronti, forse spingerla a odiarmi davvero apertamente se ha intenzione di percorrere questo cammino.

Non ne ero convinto, mi ritrovo costretto a parlare al passato. Perché ora, a dire il vero, inizio ad avere qualche dubbio. Forse crede davvero alle mie parole. Nel suo sguardo brilla una fiamma di risolutezza, di orgoglio, anche se dura un solo istante prima di svanire e di lasciare il posto a un vago terrore.

«Io non so... temo di...»

«Pensa che si tratti di una questione di vita o di morte, Elena. Tu devi presentare la nuova strategia di marketing per la collana fantasy e convincere Patrick Kingston e gli altri dirigenti ad approvarla.» Forse sto diventando un po' estremo, ma è lei a scatenarmi tutta questa strana furia interiore che non so controllare. Lei, con quei suoi silenzi accusatori e quello sguardo ostile e tenero allo stesso tempo. «Lasciati ispirare dalla tematica della collana, con il fantasy dovrebbe essere piuttosto facile. Pensa di dover combattere per la tua vita, di dover ottenere il risultato per riuscire a salvarti.»

Resta in silenzio, inclina il viso, mi guarda. E io pagherei per sapere cosa le passa nella testa in questo momento. La scintilla nel suo sguardo mi eccita fino al punto che la prenderei anche adesso, le afferrerei le braccia fino ad attirarla contro di me. Ma non posso, ovviamente. La sua voce mi riscuote mentre sono impegnato a pensare a tutt'altro, a fantasticare sul suo corpo, sul suo seno tra le mie mani, a pregustare il sapore delle sue labbra morbide.

«Va bene. Farò così.»

***

Non so cosa sia scattato, in lei. Forse la sensazione di trovarsi di fronte a una sfida. Oppure ha colto davvero i miei suggerimenti di combattere per salvarsi la vita, come in una fantastica lotta contro i draghi. Resta il fatto che ci è riuscita. A modo suo, molto a modo suo, è riuscita a convincere prima Patrick e poi gli altri. Addirittura, anche l'autore del libro in uscita sembrava abbastanza intrigato da lei, dalle sue parole. Nonostante il suo accento imperfetto. Nonostante la sua evidente emozione, le guance arrossate, il cuore che batteva, le mani tremanti.

E forse è stato proprio questo a convincerli. L'emozione che Elena Valli è riuscita a imprimere nella sua arringa. Sembrava davvero lottare per la sua vita e forse, in parte, un po' anche per la mia, visto che il progetto era principalmente mio.

Ora che è tutto finito e gli altri sono usciti dalla sala riunioni mi guarda, come in attesa di qualcosa. Cosa si aspetta? Altri complimenti? Un premio?

Io non parlo, non le do soddisfazione. Attendo la sua mossa.

«Ci sono riuscita.» Non c'è nemmeno vanità nella sua dichiarazione, non c'è orgoglio. Ha solo preso atto del risultato che ha ottenuto seguendo le mie indicazioni.

«Te l'avevo detto che potevi farcela.» Non mi resta che assecondarla. Ma ora sono proprio io ad essere rimasto spiazzato.

«Grazie, Connor.»

E, per la prima volta, il suo sguardo su di me diventa dolce, anche se si tratta soltanto di gratitudine. Per la prima volta, in tre settimane, ha pronunciato il mio nome. Suona così melodioso, su quelle sue labbra che ora si morde come se avesse appena detto qualcosa di vietato, di proibito.

«Hai da fare questa sera, Elena?» No, no! Che diavolo sto facendo?

Mi osserva stranita. Forse crede che le chiederei di lavorare oltre l'orario d'ufficio, considerato il successo ottenuto.

«No...» sussurra appena.

«Ti andrebbe di...» No, non posso! Accidenti a me! «Ti andrebbe di bere qualcosa insieme? O anche di mangiare, potremmo discutere della prossima missione speciale...»

Missione speciale? Ma che cazzo sto dicendo? Sono impazzito? Nemmeno fossi James Bond!

Mi sento un idiota, invece, non James Bond. E io non mi comporto mai da idiota con le donne. Tutt'altro, sono sempre piuttosto sicuro di me. Perché questa ragazzina mi fa perdere tutte le certezze? Come se stesse abbattendo le mie convinzioni, una dopo l'altra, facendo tremare le mie fondamenta.

«Per me va bene, grazie.» Sorride, annuisce. E poi mi guarda.

Chiudo gli occhi per un istante, come se mi aspettassi che lei sparisse, da un momento all'altro. Ma lei è ancora qui. E continua a tenere gli occhi puntati su di me.

Siamo giovani, al di là del nostro ruolo qui dentro, giovani e spericolati. Elena Valli fa scattare qualcosa dentro me, qualcosa di ignoto e recondito ma allo stesso tempo annunciato, come se l'avessi attesa da tanto tempo. Un desiderio di avventura che però è anche istinto di protezione, nei suoi confronti.

Iniziamo a conoscerci, così. Forse non a piacerci, non ancora, ma a interpretarci. Avverto le sue insicurezze, le sue paure. Intuisco i suoi sogni, attraverso ciò che decide di condividere con me.

«Mi piace la letteratura, soprattutto quella per bambini e ragazzi» mi confida. «Per questo mi piacerebbe lavorare in quei settori. Perché è da quel momento che scopriamo un mondo e io...» si morde le labbra, incerta, come in cerca delle parole più adatte. «E io a volte penso che la parte migliore di noi sia rimasta lì. Altre volte... altre volte ne sono proprio sicura.»

Forse il mio intento era semplicemente quello di sciogliere la tensione, tra noi. Ma nel frattempo ho compreso la sua solitudine, quel sentirsi sempre un po' persa anche in mezzo ad altra gente. Ho creduto che fosse dovuto al fatto di non aver ancora stretto particolari amicizie qui a Dublino, di non conoscere bene il luogo. E mi sono ritrovato più o meno nella stessa situazione, spostandomi di continuo.

Non mi sono reso conto di quanto stessi assorbendo da lei e lei da me, in questo rapporto tra professionale e amichevole che abbiamo iniziato a sviluppare, nelle confidenze che ci scambiamo quotidianamente.

Le mostro Dublino, la sera e durante i fine settimana. I luoghi che hanno significato qualcosa per me, l'Ha'penny Bridge, il Book of Kells, Merrion Square Park, la statua di Oscar Wilde, il mercatino di George's Street Arcade. Elena sembra entusiasta di tutto, anche se nel frattempo aveva già visitato questi luoghi e per lei non sono una novità, ed è bello ripercorrere i miei stessi passi attraverso i suoi occhi.

Parliamo per lo più di libri, della casa editrice passata e presente, dei progetti per la "Emerald", della sede italiana... ma mi rendo sempre più conto che è come se volessimo sfuggire noi stessi, ciò che scateniamo l'uno nell'altra. Perché, anche se temo di sbagliare, percepisco le sue inquietudini e sento che anche per lei è lo stesso.

È solo attrazione da parte mia, me ne rendo conto. Mi è capitato altre volte, con altre donne. Ma è il senso di protezione nei suoi confronti che non sono in grado di controllare, ed è questo a fare la differenza.

Quando, durante una pausa caffè, riprendo un commento sconveniente e irrispettoso nei suoi confronti da parte di un collega, lei si indigna.

«Ti ringrazio, Connor, ma so difendermi da sola.»

«Lo so bene, Elena. Ma io *devo* difenderti.»

«Perché?» Ancora quella sola parola, con i grandi occhi scuri puntati su di me, in attesa di una risposta da parte mia.

Perché provo qualcosa. No, non va bene. Perché voglio. No, non avrebbe senso. Perché innamorarsi di qualcuno fino al punto di voler difendere quella persona dal resto del mondo non è un'opzione valida. Non per me, soprattutto.

«Perché sono il tuo responsabile.» Risposta scema. Infatti, lei sgrana gli occhi, quasi a prendermi in giro.

«Va bene, Connor.» Stranamente sembra accettarla invece, non l'avrei mai detto. Però incrocia le braccia al petto e inclina il viso. «E la risposta vera?»

CAPITOLO 11

Uscita dall'ufficio, mi sono avviata direttamente verso casa. Ho declinato l'invito di andare a bere un aperitivo con i colleghi e anche la cena con Cristina. La mia unica meta, per la serata, è stata casa mia e, una volta arrivata, mi sono fiondata sul mio computer. Non mi sono concessa distrazioni, nemmeno una pausa di mezz'ora con film o serie televisive, per poter proseguire con il lavoro che sono riuscita a concludere, nella sua interezza, all'alba delle quattro del mattino. Ora in cui, dopo aver salvato tutto il salvabile praticamente ovunque e averne mandata una copia in allegato a Chiara e a Roberta, sono crollata inesorabilmente sul letto come un sacco di patate, sopraffatta dalla stanchezza, dall'incertezza sul mio lavoro e dai miei sentimenti contrastanti per Connor.

Tre ore di sonno o poco più e sono di nuovo in piedi, con una prima dose massiccia di caffè. A cui se ne aggiungeranno sicuramente altre, nel corso della giornata che si prospetta lunga e sfiancante.

Mentre, uscita dalla metropolitana, mi incammino lentamente verso la "Emerald" mi domando come farò a non crollare. Intanto la mia massima aspirazione oggi è riuscire ad arrivare alla fine della giornata. Mi fermo per un istante davanti alla vetrina di un negozio di giocattoli, dove è stato esposto un presepe illuminato. In alto brilla la scritta "Il miracolo di Natale". Io non so se riuscirò ancora a sperare in un miracolo. E non solo per questo Natale. Al momento, qualsiasi aspettativa e qualsiasi illusione mi sembrano più lontane che mai.

Appena entrata alla "Emerald", mi trascino fino al mio computer. Pochi minuti più tardi, vengo raggiunta da Cristina che resta ferma e in silenzio, oltre alla mia scrivania, con le mani posate sui fianchi e un'aria di rimprovero dipinta nello sguardo.

«Ho un aspetto orrendo, lo so.» Alzo appena gli occhi su di lei, poi torno a fissare lo schermo del mio computer. Da quando mi sono svegliata sto controllando le e-mail per vedere se è arrivata una risposta da Chiara a proposito del mio lavoro. «Mi sento uno zombie. Hai qualche suggerimento per un copri occhiaie efficace? Perché, a quanto pare, il mio non funziona contro i cerchi neri che ho intorno agli occhi.»

«E perché mai? L'aspetto da panda ti si addice.» Cristina scuote leggermente la testa, poi incrocia le braccia al petto.

«Mmh... lo so, forse alla fine mi conviene aspettare che le occhiaie tornino di moda.»

«Comunque, Elena...»

«Cris, se è una pessima notizia non la voglio sentire!» Mi ribello e la interrompo, rivolgendole uno sguardo disperato o quasi. «E nemmeno una voce di corridoio, una comunicazione ufficiale, una rivelazione sconvolgente... qualunque cosa sia, oggi non credo di potercela fare. A meno che non sia stata licenziata, allora dovrò stare a sentire per forza! Però dubito che manderebbero te a informarmi.»

«In realtà si tratta di un incarico che ti è stato affidato. Ho incrociato Roberta nel corridoio, mi ha chiesto di farle il favore di portarti il messaggio.» Cristina inclina leggermente il viso, sembra stia studiando le parole adatte per mettermi al corrente.

«E va bene. Cosa vogliono che faccia, ancora?»

«Semplice. Devi recarti all'orfanotrofio di Santa Maria, domani mattina, per il solito evento benefico. Consegnerai i libri selezionati della "Emerald" ai bambini.»

Mi appoggio con la schiena alla mia sedia e respiro sollevata. È uno dei miei eventi preferiti e la "Emerald" mi ci manda ogni anno in rappresentanza della casa editrice, solitamente insieme a Luca Botti e ad alcuni ragazzi che stanno svolgendo uno stage presso di noi.

«Benissimo! Finalmente qualcosa di piacevole, almeno per me.» Sorrido soddisfatta. La giornata si prospetta meno cupa e sgradevole di quanto mi sarei immaginata. «Grazie, Cris. Sei riuscita a sollevarmi il morale. Dopo sentirò Luca per sapere se vuole partire insieme da qui oppure trovarci direttamente sul posto.»

«Ehm, no. La seconda parte del messaggio riguarda proprio questo. Luca è impegnato, non sarà disponibile questa volta.»

«Okay...» Mi dispiace ma in fondo non ha poi una grande importanza. Me la posso cavare anche da sola. «Quindi andrò da sola? Oppure verrai tu, con me?»

«No, Elena. Non andrai da sola e nemmeno con me.»

Ma insomma, Cristina! A che gioco sta giocando? Perché è così criptica?

«E con chi dovrei andarci, allora? Con Babbo Natale in persona?»

«Se vuoi puoi chiamarlo anche così...» Cristina strizza leggermente gli occhi. Si sta per caso divertendo alle mie spalle? Perché ho questa impressione? «Ma il nome ufficiale risponde a Connor Milligan.»

***

L'ipotesi di un rifiuto non era ammessa, ovviamente. Quindi non ci ho nemmeno provato. Ho fatto un respiro profondo, come in previsione di un'apnea prolungata, e mi sono rassegnata all'idea.

Così mi ritrovo, la mattina seguente, davanti all'ingresso dell'orfanotrofio di Santa Maria, situato alle porte di Milano. Dove mi sono data appuntamento con Connor.

Oggi il cielo è un curioso mosaico di nuvole grigie che minacciano neve, ma che sembrano muoversi continuamente, quasi senza sosta. Mi ricorda il cielo irlandese, un continuo flusso incessante di movimento e di colori, tendenzialmente un po' cupi, che corrono veloci perdendosi e ricreandosi a vista d'occhio.

Sospiro mentre lo attendo. Mi distraggo guardandomi intorno un istante e me lo ritrovo proprio di fronte. Apparentemente sembra molto meno sconvolto di me all'idea di dover affrontare questa missione insieme. In effetti, non sarà nulla di complicato. Dobbiamo solo presenziare all'evento, consegnare i libri per i bambini e intrattenerci un po' insieme a loro. I nostri stagisti, che ci raggiungeranno a breve, faranno buona parte del lavoro. La cosa più complicata, per me, è restare a diretto contatto con lui dopo aver fatto di tutto per evitarlo nel corso dei giorni precedenti.

«Buongiorno, Elena.» Il tono è cortese, ma distaccato e professionale. Il suo sguardo, invece, è puntato su di me. Severo, ma è come se una fiamma bruciasse ancora sotto la cenere. O forse è soltanto una mia illusione.

«Buongiorno.» Accenno un sorriso, vorrei cercare di alleggerire l'atmosfera tesa tra noi, anche se mi rendo conto che non sarà un'impresa facile. Indico con un cenno del capo la struttura dell'orfanotrofio, un edificio antico ma accogliente, con le finestre ornate di lucine intermittenti e un grande albero di Natale addobbato nel giardino d'ingresso. «I ragazzi saranno qui a breve. Entriamo?»

«Certo.»

Gli eventi di beneficenza natalizi, organizzati da alcune aziende locali compresa la nostra casa editrice, sono momenti annuali importanti. Il nostro impegno, nello specifico, consiste nel donare libri, leggere fiabe e intrattenere i bambini con alcune attività creative.

Per me, da quando sono stata mandata la prima volta dalla "Emerald" è diventato un appuntamento speciale, una sorta di rituale. Adoro l'idea di portare un sorriso ai più piccoli, di farli divertire e cullare i loro cuori e la loro fantasia con storie pensate e scritte apposta per loro. Tanto che, nel corso dell'anno, sono solita donare altri libri curati da me per la casa editrice di mia spontanea volontà.

Questa mattina però, nonostante i miei sforzi, mi sento ancora un po' stanca, con il cuore pesante. Forse saranno state le poche ore di sonno, il lavoro sfibrante che ho portato a termine per Chiara. Oppure i miei sentimenti per Connor, il groviglio di emozioni che mi lascia ogni volta che lo vedo, la sua presenza qui, la preoccupazione per i tagli al personale di cui si sta ancora parlando.

Varchiamo il portone dell'orfanotrofio e raggiungiamo l'atrio. Le scatole di libri della "Emerald Ink House" sono già state consegnate ieri pomeriggio. Veniamo informati che i bambini sono stati radunati nella grande sala comune, un ambiente caldo e accogliente, illuminato da luci soffuse e decorato con festoni e palline colorate.

La direttrice dell'orfanotrofio, suor Antonia, ci accoglie con un sorriso dolce e la sua consueta gentilezza.

«Elena, che piacere rivederti. I bambini vi stanno aspettando, non vedono l'ora di ascoltare le storie di Natale.» Coinvolge nel saluto anche Connor, che si è appena presentato. «Siete pronti?»

«Certamente» annuisco, cercando di rilassarmi. Non voglio rovinare questo momento, non lo permetterò a nessuno, nemmeno a me stessa. Così cerco di mascherare la mia agitazione con un sorriso.

Fortunatamente tutto procede per il meglio e Connor si dimostra molto più collaborativo di quanto potessi sperare. È simpatico e divertente, riesce a intrattenere i piccoli anche meglio di me, indossando una barba bianca finta e un cappello da Babbo Natale.

Mentre, insieme a suor Antonia e suor Agata, distribuisco il materiale per un'attività ricreativa, sposto repentinamente lo sguardo su di lui. Lo sorprendo a fissarmi. Non si scompone, resta serio per un istante, poi mi rivolge un cenno con la testa accompagnato da un piccolo sorriso, come un segno di incoraggiamento.

Inevitabilmente sento il cuore accelerare. Vorrei essere più brava a controllare i miei impulsi nei suoi confronti ma non ci riesco. Allora cerco di distrarmi preparando sul tavolo i libri destinati alla lettura.

Poco dopo, i cicli di letture iniziano. Quando arriva il mio turno, mi siedo su una poltrona di velluto verde davanti al camino. I bambini si dispongono in cerchio davanti a me, con gli occhi spalancati di curiosità. Leggo con trasporto, modulando la voce per dare vita ai personaggi delle storie, e gradualmente sento le mie preoccupazioni scivolare via e dissolversi nel calore di quei sorrisi.

Nel frattempo, lanciando un breve sguardo intorno, mi accorgo che Connor si è avvicinato nel corso della mia lettura, appoggiandosi al muro con le braccia incrociate e osservandomi con attenzione.

A lettura terminata, i bambini applaudono entusiasti. Una bimba dai capelli scuri e ricci si avvicina per abbracciami.

«Sei bravissima a leggere le storie» mi dice con un sorriso luminoso. «Grazie, Elena. Tornerai ancora?»

«Grazie a te, tesoro.» Mi chino per ricambiare l'abbraccio. «Certo, tornerò presto.»

Dopo la mia lettura, mentre i bambini si dedicano a decorare i biscotti con la glassa colorata guidati dalle suore e da alcuni dei nostri stagisti, Connor si avvicina con due tazze di cioccolata calda.

«Ne vuoi?» Me ne offre una. «È davvero buona.»

Accetto la tazza, sfiorando appena le sue dita, e gli sorrido riconoscente.

«Grazie. Ne avevo proprio bisogno.»

Ci sediamo su un divano accanto al camino, dove il crepitio del fuoco crea un sottofondo rilassante e osserviamo la scena dei bimbi che continuano con i loro divertimenti.

«Sei brava con i bambini» Connor rompe il silenzio.

Sorseggio la cioccolata e annuisco.

«Sì, molto meglio che con gli adulti, a quanto pare.» Accenno un sorriso e lui ricambia, arricciando leggermente il naso.

«Confermo.» Stringe gli occhi su di me, poi torna a guardare i bambini. «Comunque, sembra che qui ti conoscano bene. Ho sentito che torni anche durante l'anno.»

«Sì, porto altri libri. Per quanto mi è possibile, insomma. Adoro passare del tempo con loro. I bambini hanno un'energia speciale. Cosa che a me, a volte, manca del tutto.»

«Già, posso capire.» Beve un sorso di cioccolata e poi si volta verso di me. «Anche io apprezzo l'idea di fare qualcosa di buono, per i bambini soprattutto. Quello che voglio dire, in realtà, è che... sono contento di essere venuto qui, insieme a te.»

Non so cosa rispondere. Sento il suo sguardo su di me. E sento anche le guance scaldarsi, come se dal petto il calore mi fosse all'improvviso salito verso il viso. Ma il mio stato di ebollizione non dipende dal camino acceso e nemmeno dalla cioccolata calda.

«Grazie... Anche... anche io...»

No, non posso iniziare a balbettare adesso! Oddio, perché mi sento sempre meno in grado di resistergli? Infatti, ho una gran voglia di afferrarlo per il maglione e trascinarmelo addosso sul divano! Ma cosa vado a pensare? Ci sono i bambini! E le suore! Elena, controllati!

«E poi avevo davvero bisogno di una pausa» prosegue Connor. Per fortuna, non sembra si sia accorto del mio subbuglio interiore.

«Una pausa da cosa?» Meglio parlare, così evito di perdermi in pensieri indecenti nei suoi confronti. Nel frattempo, però, intravedo una sfumatura di tristezza nei suoi occhi che non avevo notato prima.

«Dai soliti pensieri. Il Natale, per me, è sempre stato un periodo un po' complicato, come ti avevo raccontato tempo fa. Da quando i miei genitori si sono separati e risposati, mia madre e mia sorella si sono trasferite in Australia, mio padre a Galway, non è più la stessa cosa. Anche se sono passati tanti anni, cerco di non crearmi più troppe aspettative. E poi c'è quella questione spiacevole, per quanto riguarda il lavoro. Lo sai, Elena.»

«Sì, lo so. E mi dispiace, Connor.» Mi mordo le labbra, sento un nodo stringermi la gola. In questo momento vorrei solo poterlo abbracciare, consolare. Ma so che non sarebbe giusto né tanto meno appropriato. Siamo quello che siamo, solo colleghi mandati in rappresentanza a un evento organizzato. Si tratta di un lavoro che stiamo svolgendo per la "Emerald", nulla più. «Per tutto quanto, voglio dire.»

«Tutto quanto…» ripete lui, con un tono di voce talmente basso che riesco appena a percepire le sue parole.

Sì, davvero tutto quanto. Vorrei dirgli ciò che provo, ciò che penso. E che non riguarda strettamente la sua famiglia o il lavoro, ma noi due. Ma quel "noi due", quella fase della nostra vita risalente a sei anni fa, forse non esiste nemmeno più. Quella scintilla si è spenta irrimediabilmente. Quindi sarebbe del tutto inutile, sciocco e soprattutto avvilente per entrambi tentare di riportarla alla luce.

«Sì, per quello che ti ho detto l'altro giorno.» Nonostante l'imbarazzo, scelgo l'opzione meno complicata. Quella in cui non rischio di compromettere il mio cuore. «Non avrei dovuto accusarti di qualcosa su cui tu non hai alcun potere decisionale. Sono stata stupida.»

«Eri preoccupata e spaventata, è comprensibile. So quanto ci tieni alla "Emerald".» Solleva una mano, come se intendesse posarla sulla mia, poi invece cambia idea e si massaggia una spalla. «Ho già dimenticato.»

Restiamo entrambi in silenzio. Ci perdiamo a seguire i giochi dei bambini davanti a noi, i loro movimenti. Mi sembra di rivivere la magia del

Natale che percepivo nell'aria quando ero piccola e che inevitabilmente un po' si perde crescendo.

Così, per un attimo, è come se il tempo si fermasse. Il calore del camino, il suono delle risate dei bambini, la luce soffusa delle decorazioni creano un'atmosfera intima, quasi irreale.

«La magia del Natale...» sospiro appena.

«Mi era mancata...» sussurra Connor.

Poco dopo l'evento volge al termine con la distribuzione dei libri ai bambini. Guardando fuori dalla finestra mi accorgo che piccoli fiocchi di neve hanno cominciato a cadere, ricoprendo l'esterno di un sottile e delicato manto bianco. I ragazzi se ne vanno, mentre io e Connor ci offriamo di aiutare suor Antonia, suor Agata e le altre suore a finire di sistemare la sala. Mentre raccogliamo i nastri e le decorazioni sparse, ci scambiamo qualche sguardo d'intesa e mi rendo conto di quanto sia naturale per me stargli accanto, proprio come un tempo.

Ultimato il tutto, salutiamo e usciamo insieme dalla struttura. Mi guardo intorno, mi sento quasi spaesata. La neve ha continuato a scendere per un po' ma ora si è fermata. Però ha formato un sottile strato luminoso nel giardino che rende l'atmosfera circostante incantevole, quasi come se ci trovassimo in una fiaba.

«Che bello!» esclamo entusiasta.

«La neve ha sempre qualcosa di magico, non credi?» Connor sembra propenso ad assecondarmi.

«Sì, proprio vero.» Sospiro e mi guardo intorno. Il mio piano prevede che io mi rechi al lavoro. Non conosco le intenzioni di Connor e non voglio dargli l'impressione di voler indagare. «Io dovrei... prendere la metropolitana per andare alla "Emerald".»

«Io sono in macchina, posso darti un passaggio, se vuoi.» Mi sorride, con quella dolcezza nello sguardo che mi riporta indietro nel tempo. «Anzi, magari potremmo pranzare insieme e poi andare alla "Emerald".»

Annuisco e sorrido. «Va bene, grazie.»

Mi devo calmare, però! Non mi ha chiesto di uscire! Si tratta solo di un pranzo tra colleghi che si sono trovati insieme a un evento organizzato dalla casa editrice. Quante volte mi è successo con Cristina, con Luca, con altri? Infinite!

Ecco, quindi calma i bollenti spiriti, Elena! Anche il passaggio in macchina... è solo gentilezza la sua! Una cortesia del tutto scontata. Sarebbe stato strano il contrario.

Connor accenna un sorriso e non si smentisce. È gentile ma distaccato nei miei confronti, come se quel breve istante magico accanto al camino, di fronte a quei bambini felici fosse del tutto concluso, dimenticato ormai.

Non so cosa ne sarà di me, di noi. Non sono nemmeno del tutto certa di cosa provo esattamente nei suoi confronti. O forse lo sono, come lo ero anche in passato, ma non oso ammetterlo, non oso rischiare di farmi troppo male.

Però lui ora è qui, con me. E resterà a Milano, almeno fino alla fine del mese. Questo mi concederà un po' di tempo. Non so cosa ne farò di questo tempo, probabilmente lo sprecherò, lo perderò, lo impiegherò commettendo altri errori e mi ritroverò sola a leccarmi le ferite e a rimpiangere ciò che poteva essere e non è stato.

O forse no. Forse troverò il coraggio per esprimere ciò che sento, per lasciare che il mio cuore vada nella direzione che ha scelto davvero.

Lancio una breve occhiata a Connor, mentre sono seduta in macchina al suo fianco. Lui ricambia e un bagliore, nei suoi occhi verdi, mi riporta ancora una volta indietro nel tempo. Rammento, all'improvviso, il soprannome che gli avevo dato in Irlanda. Quando, per il mio compleanno, mi aveva chiesto di esprimere un desiderio. Ho pensato subito a lui, ma gli ho raccontato che avrei tanto voluto restare alla "Emerald" per sempre. Senza specificare la sede.

My Emerald Wish, l'ho chiamato. E Connor Milligan mi ha creduto. Non ha mai sospettato né immaginato che in quel preciso istante al centro dei miei pensieri, dei miei sogni, dei miei desideri, non ci fosse soltanto la casa editrice che mi aveva spedito in Irlanda per uno stage di sei mesi, ma lui. Soltanto lui.

CAPITOLO 12

La situazione si è ridimensionata. Nel senso che non c'è più ostilità tra noi. Almeno, non credo. Però io mi sento anche peggio, ora.

Insomma, avrei preferito odiarlo! Anche senza motivo o cercando di aggrapparmi alla prima scusa possibile.

Ma così... così mi sento persa, mi sembra sempre più di precipitare in un abisso di cui non riesco a individuare il fondo. In pratica, la mia situazione nei confronti di Connor non si è affatto ridimensionata, ma è notevolmente peggiorata. Forse, partecipare all'evento benefico insieme a lui è servito soltanto a darmi il colpo di grazia definitivo.

Come se non bastasse, l'evento del Secret Santa si sta avvicinando sempre più insieme alla festa aziendale. E io non so cosa fare. Di certo non posso aspettare l'ultimo minuto per trovare il mio regalo. A questo punto avrei davvero preferito pescare chiunque, compresa Alessia! In qualche modo me la sarei cavata. In breve, il mio regalo le avrebbe fatto schifo e non si sarebbe fatta troppi scrupoli a farmelo capire, anche se con un giro di parole gentili e raffinate. Alla fine, io me ne sarei fregata, passando oltre.

Invece no, mi è toccato lui! E questo non fa altro che accrescere e aggiungere ansia al mio già fragile equilibrio. Il fatto che ora andiamo "sufficientemente d'accordo" non cambia le cose, anzi... Almeno per quanto riguarda me.

In ogni caso, inutile perdere tempo a pensarci e a recriminare. Mi è toccato lui e devo affrontare la situazione. No, la verità è che non solo devo affrontare la situazione, voglio proprio vincerla, farmi valere. Vorrei sorprenderlo, ecco.

Quindi inizio a pensare, a riflettere seriamente. Decido di fare un giro in centro con Cristina, dopo il lavoro, magari mi servirà a trovare ispirazione. Milano, sotto la leggera coltre di neve che è tornata a imbiancare le strade, sembra uscita da una cartolina natalizia. Le luci soffuse dei lampioni si riflettono sui marciapiedi bagnati e il suono delle campane lontane si mescola al vocio dei passanti che si affrettano a fare gli ultimi acquisti della giornata, a tornare a casa dopo il lavoro o a ritrovarsi con gli amici.

Passeggiando accanto a Cristina per le strade del centro, da Piazza Cordusio verso Duomo, mi stringo bene nel cappotto, avvolgendomi la sciarpa morbida intorno alla gola. Sto cercando di distrarmi per liberare la mente, ma la questione del Secret Santa sta diventando predominante tra i miei pensieri. A tal punto che sono stata costretta a rivelarlo a Cristina, anche se andrebbe contro le regole del gioco. E mi sono pure dichiarata disposta a uno scambio.

«Io ci starei anche, ma tu devi essere impazzita!» Il suo commento non fa una piega, visto che a lei è toccata proprio Alessia.

«No, il fatto è che con Alessia... so esattamente cosa aspettarmi.»

«Anche io, infatti le prenderò un serpente a sonagli di peluche! Comunque, Elena, la stai facendo troppo complicata! È solo un gioco, lo facciamo ogni anno per Natale.» Cristina mi rimprovera ma intercetto un lampo di comprensione nel suo sguardo. Forse sta solo tentando di incoraggiarmi, a modo suo. «E poi mi sembra che tutto sommato il ghiaccio si sia rotto, tra te e Connor.»

«Sì, nel senso... non credo che mi stia ancora odiando, però...» Mi fermo. Però cosa? Però tra di noi non è come vorrei? Meglio cambiare direzione, non me la sento proprio di affrontare il discorso. Nemmeno con Cris. «Però a questo punto, io voglio trovare il regalo perfetto per lui, ecco!»

«Ho capito, Ele. Il regalo perfetto.» Cristina si guarda intorno, lanciando occhiate alle vetrine dei negozi che si trovano tra Piazza del Duomo e San Babila, dove stiamo passeggiando.

«Magari... vediamo un po'... un paio di boxer rossi con le renne? Guarda che carini!»

«Cris!» Li guardo e scoppio a ridere. Anche perché mi immagino l'espressione di Connor mentre scarta il regalo davanti a tutti alla festa aziendale.

«È irlandese, dovrebbe avere il senso dell'umorismo!» Cristina mi lancia un'occhiata provocatoria. «Oppure no?»

«A volte fin troppo!» ammetto. «Ma Connor in fondo è anche una persona complessa, piena di sfumature. E io vorrei trovare qualcosa di più personale, di più... intimo.»

«Più intimo di un paio di boxer?» Cristina annuisce, con aria assorta ma divertita al tempo stesso. «Capito!»

Scuoto la testa e rido. «Magari potrei prenderlo per la gola e cucinargli una torta.»

«Sì, sarebbe un'idea perfetta, se solo tu sapessi cucinare torte.»

«Ma non è colpa mia, è il mio forno... ha il vizio di bruciarmi tutto!»

Intanto ci fermiamo di fronte al bar dove abbiamo appuntamento con Davide.

«Allora prendigli un libro» mi suggerisce Cristina.

«Ma che originalità! Lavoriamo in una casa editrice...»

«Lo so, ma almeno avrai meno probabilità di sbagliare.» Cristina si stringe nelle spalle. «Alla fine è meglio così.»

Cristina ha ragione, anche se poco originale è la soluzione migliore per tutti. Infatti, buona parte dei colleghi partecipanti al Secret Santa opta per un libro.

«A meno che sia... un libro davvero speciale!»

«Stai pensando a una prima edizione o a qualcosa del genere?» Cristina arriccia il naso. «Non mi sembra tanto facile. Voglio dire, potrebbe esserlo, dipende da quanto sei disposta a spendere per il tuo irlandese.»

«Lo so, ma non posso semplicemente comprargli un romanzo, un saggio o un manuale qualsiasi e sperare che gli piaccia» sospiro sdegnata.

«Ti ricordo che è all'incirca quello che facciamo, ogni anno.»

«E comunque, non è il mio irlandese.»

«No, no. Infatti, stai solo tentando di fare colpo su un irlandese qualsiasi.»

«Un irlandese qualsiasi?» La voce di Davide ci coglie alla sprovvista, proprio quando siamo nel vivo della conversazione. «Qualcosa mi dice che c'entra un certo ragazzo arrivato recentemente da Dublino...» Punta immediatamente lo sguardo su di me, come a sfidarmi.

«Sì, gli devo trovare un regalo per il Secret Santa» confesso, tanto è inutile mantenere il segreto con lui. «Ho pescato proprio Connor. Ma che resti tra noi.»

«Okay, cerchiamo di riflettere, allora.» Davide decide di prestarmi il suo aiuto e cerca di sviscerare il problema. Quasi lo invidio, lui non era presente alla pesca del nome per il Secret Santa. «Hai già qualche idea?»

«Stavamo pensando a un libro» sbuffo contrariata. «Lo so, lo so... è un'idea troppo banale, come sempre del resto.»

«Non necessariamente.» Davide inclina leggermente la testa di lato. «Vediamo un po' di scavare più a fondo... Sai se ha un autore preferito? O qualche autore a cui tiene particolarmente, di cui colleziona tutti i libri?»

Ci penso un attimo. Cerco di andare indietro con la memoria, indietro nel tempo, tra i ricordi, quando parlavamo di libri. E avveniva spesso.

«So che ama alcuni autori classici inglesi e irlandesi, ma dubito di riuscire a trovare prime edizioni significative qui. E anche se le trovassi...» sospiro e scuoto la testa.

«Va bene, qualcosa più alla tua portata e magari anche più localizzato nelle vicinanze?» Cristina cerca di usare il suo senso pratico. «Magari non una prima edizione, ma un'edizione di pregio, limitata o particolare.»

«Mi aveva parlato di *Se una notte d'inverno un viaggiatore*, di Italo Calvino. Ne era affascinato per la questione delle molteplici possibilità che la letteratura ci offre di interrogarci su noi stessi, sulla natura umana...» Rammento anche il contesto in cui aveva nominato il libro, durante una pausa pranzo nel corso delle prime settimane in cui avevamo iniziato a collaborare attivamente. Lui continuava a parlare, a spiegare cosa lo attraeva nella letteratura postmoderna e io mi ero persa a guardarlo, ad ascoltarlo.

«Direi che potrebbe andare.» Davide interrompe i miei pensieri, riportandomi al presente. «Abbiamo il libro! Ora bisognerà trovare un'edizione speciale o magari...» Schiocca le dita, come se gli fosse appena venuta un'idea geniale. «Una copia autografata?»

«Pensate che sia possibile trovarne una? Mancano pochi giorni!» Mi porto una mano sulla fronte. «Magari attraverso una ricerca su internet, ma potrebbe non arrivare in tempo.»

«Io opterei per una prima edizione o un'edizione rara, a questo punto.» Cristina ci riporta alla realtà, stiamo decisamente puntando troppo in alto. «Trovare in giro l'autografo di Calvino, soprattutto a un prezzo accessibile, mi sembra alquanto improbabile.»

«Questo è vero. Dovrò comunque iniziare a cercare e a contattare qualche libreria. Stasera proverò una ricerca su internet.» Sorrido, mi sento più tranquilla. «E se non ci riuscissi... questo fine settimana, tour delle librerie, per me!»

CAPITOLO 13

La sera, arrivata a casa, inizia la mia ricerca su internet che si dimostra meno semplice di quanto avrei sperato. Ci sono diverse opzioni, potrei ordinare il libro e farmelo mandare a casa, ma potrebbe arrivare troppo tardi o danneggiato. Ormai ho i giorni contati.

L'unica speranza, a questo punto, è un vero e proprio tour delle librerie di antiquariato o di seconda mano che non espongono il loro catalogo sui siti internet. Ma per questo dovrò aspettare sabato perché dopo il lavoro non farei comunque in tempo a raggiungerle. Forse potrei approfittare della pausa pranzo. Ne trovo comunque due con un sito e un indirizzo e-mail a cui fare riferimento e provo a mandare loro un messaggio con la mia richiesta. Non si sa mai!

«Ci tieni veramente tanto.» Le parole che mi rivolge Cristina, durante la pausa caffè di metà mattina in cui le parlo dei miei progressi a proposito della ricerca del libro, mi lasciano sconcertata.

«Ci tengo... nella norma, credo.» Sto sulla difensiva, per non espormi oltre. Anche se Cristina conosce i miei trascorsi con Connor, almeno in parte. Sa ciò che io le ho raccontato, restando nei limiti.

«Elena…» Cristina fa un respiro profondo, poi prende tra le dita il bicchierino e finisce il suo caffè in un sorso.

«Non dire "Elena" con quel tono, Cris.» Mi mordo le labbra, forse con forza eccessiva. «Sto facendo per lui quello che farei per chiunque altro. Non so… per Luca cercherei qualcosa di speciale riguardante *Harry Potter*, per Sandra…» Cerco di rammentare gli autori preferiti di Sandra. «Ah sì, Sophie Kinsella o Nicholas Sparks! Per te…»

«A me non regaleresti un libro. Abbiamo un patto a riguardo, ricordi?» Certo che ricordo, niente libri per Natale, almeno tra di noi. Anche perché ce ne regaliamo abbastanza durante l'anno. «E la copia di *Ossessione* di Stephen King me la sono già regalata da sola, una vera lotta per riuscire a trovarla! Però, non perdiamo il fulcro del discorso. Stiamo parlando di te e di Connor.»

«Shh… abbassa la voce…» Appoggio i gomiti al tavolo e mi protendo verso di lei. «Gli altri non devono sentire.»

«Elena, non c'è nessuno ai tavoli vicini al nostro.» Cristina si passa una mano tra i capelli scompigliandoli un po' con un gesto naturale che quasi invidio. «E tu… Io sono sempre più convinta che tu non mi abbia raccontato proprio tutto ciò che è accaduto tra te e l'irlandese durante il tuo stage a Dublino.»

Sospiro e scuoto leggermente la testa, poi abbasso lo sguardo. Cristina ha ragione. Non le ho raccontato tutto. La verità è che ho smesso di raccontare tutto anche a me stessa, una volta tornata in Italia dopo la mia esperienza in Irlanda. Non ci volevo più pensare. Ho preferito rimuovere tutto quanto dalla mente e dal cuore. Compresi i miei errori. Soprattutto i miei errori.

Sollevo il viso e incrocio lo sguardo con la mia amica. Ora anche lei è diventata seria, più di quanto mi aspettassi. Mi osserva in silenzio, senza più forzarmi o incoraggiarmi a parlare, ad espormi.

«Non è stato intenzionale.» Sono le mie prime parole, mentre lo scombussolamento che sento nel cuore sembra avermi riportata indietro nel tempo, a sei anni fa. «Io stavo insieme a Tommaso. Stavo insieme a Tommaso da così tanto tempo che nemmeno ricordavo più come fosse accaduto tra noi o perché. Lui era... lui, alla fine, c'era sempre stato e, secondo la mia ottica e anche quella dei miei genitori, avrebbe dovuto continuare ad esserci. Era il mio destino e come potevo io sfuggire al mio destino?»

Cristina fissa gli occhi nei miei, annuisce senza interrompermi, senza nemmeno replicare per tentare di rispondere alla mia domanda.

«Quando ho incontrato Connor, nella sede irlandese della "Emerald"...» Sento il cuore accelerare il ritmo e cerco di riportarlo al suo normale battito. «Non è stato un colpo di fulmine, no, nient'affatto. L'ho considerato fin da subito arrogante, insolente, presuntuoso... e non è stato facile, visto che era diventato il responsabile del mio stage, il mio diretto superiore. Così ho iniziato a sfidarlo, per dimostrargli il mio valore. E lui sfidava me. Ma, allo stesso tempo, fin dal primo momento tra noi si era creato qualcosa che non avevo mai sperimentato nel corso della mia vita, con nessuno dei ragazzi che ho frequentato, nemmeno con Tommaso. Una sorta di magia, che non era soltanto sfida o competizione. Mi sentivo compresa, da lui. Compresa a tutti i livelli. Come se lui avesse piena consapevolezza di me e dei miei pensieri, dei miei sentimenti, senza bisogno che io li esprimessi a voce. La verità è che... è bastato un suo sguardo e io mi sono resa conto di essere perduta. E lo sono ancora. Anche se per lui la situazione è cambiata.»

«Wow...» È l'unico commento che ricevo da Cristina alla fine della mia esposizione dei fatti.

Sospiro e mi stringo nelle spalle. Forse avrei dovuto tenere certe cose per me. Cristina è diventata senza dubbio la mia migliore amica anche se, nel periodo del mio stage a Dublino, non ci conoscevamo ancora. Non era al corrente del mio rapporto con Connor, perché comunque quando sono tornata a Milano non ci sarebbe stato nulla da raccontare. A parte il fatto che avevo un ragazzo, Tommaso, che al mio ritorno mi ha lasciata per un'altra e nel corso della mia trasferta mi aveva tradita tutto il tempo. Anzi, forse aveva iniziato anche prima.

Mi alzo per tornare al mio lavoro. Non ho più voglia di parlare, di provare a definire i sentimenti che provavo allora e quelli che ancora resistono latenti nel mio cuore. Cristina mi imita senza dire una parola, mi rivolge soltanto uno sguardo che sta a metà tra comprensione e tristezza. Forse, vista dall'esterno, appaio addirittura peggio di come sto in realtà.

Arrivo alla mia scrivania e riprendo il mio lavoro. Da questa mattina controllo incessantemente la mia posta elettronica, nella speranza di ricevere qualche notizia da parte delle librerie che ho contattato.

Dopo qualche minuto, trascorso nel vano tentativo di focalizzarmi sulla scaletta delle prossime uscite della narrativa per ragazzi ma in cui in effetti concentro ancora la mia ricerca sul libro che vorrei acquistare per Connor, ricevo la visita di Roberta Gervasi, la fantastica segretaria di Chiara a cui non sfugge mai nulla, o quasi.

«Ciao, Roby. Tutto bene?»

«Ciao, Elena. Sì, se così si può dire! Comunque, la mia non è proprio una visita di cortesia. Chiara ti vuole urgentemente nel suo ufficio.» Sorride, con l'aria allegra e un po' impertinente derivata anche dai suoi capelli rossi a cui ha recentemente aggiunto qualche ciocca viola, e mi strizza l'occhio. Fa per andarsene, ma poi indietreggia di qualche passo. «E per urgentemente intende ora!»

Annuisco e mi alzo di scatto. Intanto il cuore inizia a battermi all'impazzata mentre inizio a ipotizzare i peggiori scenari possibili. Ho sbagliato qualcosa. Il mio resoconto non le è piaciuto. Ho tralasciato alcuni dati importanti. Qualcuno si è lamentato di me. La mia mente va subito a Connor, ma non credo le abbia riferito le mie accuse nei suoi confronti. E comunque l'espressione di Roberta mi è sembrata allegra e tranquilla, non portatrice di sventure. Però potrebbe anche essere all'oscuro delle intenzioni di Chiara.

Salgo le scale e percorro il lungo corridoio che porta agli uffici amministrativi come se mi stessi avviando verso il patibolo. Quando arrivo a quello di Chiara, Roberta mi ha preceduta da poco. Annuisce e si muove per bussare alla porta. Chiara, dall'altra parte, mi concede il suo permesso di entrare.

«Eccoti qui!» Seduta alla sua scrivania stracolma di documenti e di libri, non sembra troppo arrabbiata. Nello specifico, non sembra troppo arrabbiata con me. Mi indica con un cenno la sedia posta di fronte alla sua scrivania. «Accomodati pure, Elena. Comunque sarò breve.»

Ubbidisco senza fiatare. Intanto, nel mio cervello, si sussegue una maratona incessante riguardante tutto il lavoro che ho iniziato e portato a termine negli ultimi tempi, alla disperata ricerca di qualche errore che posso aver commesso.

«Grazie.» Mi siedo e cerco di neutralizzare il nodo in gola che sento esplodermi dentro. La mia salivazione sembra azzerata, avrei dovuto bere almeno un goccio d'acqua prima di scattare agli ordini e precipitarmi qui.

«Ho visto il rapporto che mi hai mandato sui libri per bambini, adolescenti e ragazzi.» Ecco, lo sapevo! Si trova lì il mio errore. Nel corso degli ultimi giorni non sono tranquilla, non mi sento lucida e il mio lavoro ne ha risentito.

«Mi dispiace, Chiara. Davvero, io...»

«E per cosa dovrebbe dispiacerti?» Chiara aggrotta la fronte e mi lancia un'occhiata perplessa. Sembra sinceramente perplessa, non mi pare si stia preparando per colpire e affondare. Io, intanto, mi perdo a considerare la forma perfettamente arcuata delle sue sopracciglia. «In realtà dispiace a me darti un preavviso così breve.»

Un preavviso? Sento le lacrime salirmi agli occhi. Allora davvero mi vuole...

«Però ci sarà tutto il tempo.» Prosegue imperterrita. Intanto cerca tra le sue carte e non si rende conto del mio stato. Le sue lunghe dita dalle unghie arrotondate e smaltate di rosso ciliegia si muovono agilmente. Da una pila di fogli estrae il mio rapporto. «Eccolo qui...» Sfoglia alcune pagine e indica qualcosa con il dito. Poi solleva nuovamente lo sguardo e gira il rapporto verso di me, in modo che io possa vedere. «Elena...?»

«Sì?» Devo prestarle attenzione. E non mettermi a piangere, soprattutto, conservare un po' di dignità. Ora mi dirà dove ho sbagliato, mi ringrazierà per il lavoro svolto in tanti anni e...

«Come dicevo, mi dispiace per il breve preavviso, forse avevi altri programmi per la serata, ma non credo che farete troppo tardi.»

Okay, ora mi sono veramente persa. Di cosa sta parlando?

La mia espressione interrogativa sembra risvegliare la coscienza di questa donna un po' perfida e decisamente troppo impegnata.

«Capisco, avrei dovuto accennarti qualcosa prima.» Alza gli occhi grigi al cielo e abbozza un sorriso. «Samuel Sunrise, l'autore irlandese per ragazzi. Abbiamo pubblicato un suo libro quattro anni fa.»

«Ah, sì. Era nell'elenco dei progetti passati. Pubblicato in versione inglese e in versione italiana, in ebook, cartaceo e anche audiolibro. Credo che il contratto dovrebbe scadere alla fine di quest'anno. Tra qualche giorno, in pratica. È molto bravo, voglio dire... mi piacciono i suoi libri, soprattutto i fantasy e i paranormal, il modo in cui sa coinvolgere i ragazzi, analizzare il loro mondo da ogni punto di vista, le loro problematiche, entrare quasi in simbiosi con loro... è avvincente!» Forse sto parlando troppo. Meglio fare silenzio.

«Esatto.» Chiara annuisce e accenna un sorriso, sembra soddisfatta della mia analisi. «Ovviamente, noi non vogliamo lasciarlo andare. Per tutte le ragioni che hai elencato tu e per un'altra, altrettanto importante. Vende molto. Anzi, moltissimo. E noi ne abbiamo bisogno.» Sospira, si passa una mano sui capelli legati in una coda elaborata ma fin troppo stretta e sospira di nuovo, più profondamente. Oggi mi sembra davvero un po' troppo tesa per essere... per essere lei. Per essere Chiara Anselmi, insomma. «Ci sono altri suoi libri con contratto in scadenza presso altri editori. E io ho ragione di credere che non abbia intenzione di rinnovare con loro. Voglio che pubblichi con noi, Elena.»

Ah, sì? E quindi? Anche io ne voglio di cose! Non lo dico ad alta voce, ovviamente. Non dico proprio nulla, infatti. Soprattutto perché non comprendo come un mio commento qualsiasi in proposito possa servire al raggiungimento dello scopo.

Chiara sembra comprendere la mia perplessità e riprende subito il suo discorso.

«E qui subentri tu.» Una pausa d'effetto poi prosegue, fino a darmi il colpo di grazia. «Devi andare da Samuel Sunrise e convincerlo a pubblicare con noi.»

Certo! Come no! Sgrano gli occhi su di lei, vorrei trattenermi ed essere più formale, più distaccata. Più professionale, anche. Ma non ci riesco.

«E come dovrei fare? Non dovrebbe pensarci Patrick? O qualcuno in Irlanda?»

O qualcuno nel resto del mondo, forse, o anche proveniente da un altro pianeta? Cosa c'entro io?

«Per essere così informata sulla narrativa per ragazzi ti è sfuggito un particolare. Samuel Sunrise vive sul lago di Como. Da oltre trent'anni, ormai.»

Esatto. Sono informata sulla narrativa per ragazzi, non così tanto sulla vita privata degli autori. Ci pensa Chiara ad aggiornarmi.

«La moglie italiana di Samuel, Bianca, è mancata quattro mesi fa, purtroppo. Era lei a occuparsi di tutta la sua produzione, inclusi i rapporti con gli editori, i contratti, gli eventi a cui partecipava... Gestiva anche i media, i suoi social, tutta la sua vita professionale, insomma. Lui si occupava esclusivamente di scrivere i libri, lei di tutto il resto. E sai anche tu quanto conta tutto il resto. Ora...» Chiara scuote la testa, contrariata. «Ora quel testardo, misantropo autore irlandese ha deciso di mandare tutti al diavolo, noi compresi. Ha litigato con il suo agente, con i suoi editori, definendoli...» Chiara cerca un appunto che si è segnata, un post-it sulla pagina di oggi della sua agenda. «"Fottuti ipocriti succhiasangue... avidi farabutti, manipolatori senza scrupoli..." Non posso dargli torto, in effetti. Ottima descrizione, siamo proprio così.»

Okay. Continua a sfuggirmi il mio ruolo in tutto questo, però.

«Cosa posso fare io?» Decido di essere più esplicita e chiedere direttamente. Non sono in grado di arrivarci da sola. E per fortuna Chiara aveva esordito dicendo che sarebbe stata breve.

«Devi andare a trovarlo e convincerlo a restare con noi e solo con noi. Con il libro che abbiamo già pubblicato, con un altro nuovo per cui avevamo preso accordi con la moglie... e possibilmente con tutti gli altri. Passati, presenti e futuri.»

Ma parla sul serio? Per chi mi ha presa? Lo sa che le missioni impossibili non sono la mia specialità in questa vita? Connor, in confronto, aveva poche pretese nei miei confronti quando mi mandava allo sbaraglio a presentare le nuove strategie di marketing!

«Ti ringrazio per la fiducia, Chiara.» Ecco, prendiamo la strada della diplomazia. Dire alla mia capa suprema che la considero fuori di testa non mi sarà d'aiuto. «Ma io...»

«Tu sei la più esperta in materia, qui dentro! E Samuel Sunrise... è uno scrittore vecchio stampo, scrive ancora con una macchina da scrivere del secolo scorso, forse addirittura degli anni Ottanta, detesta internet, le videochiamate, la posta elettronica, i social network... A quello dovremo pensare noi per lui, da ora in poi. Tu, nello specifico. Io purtroppo...» Chiara sospira e scuote la testa. «Conosco tutte le nostre pubblicazioni, ovviamente. Ma sono troppo pratica, non saprei rapportarmi con uno scrittore come Sunrise. Senza contare che lui mi vedrebbe come una... "fottuta ipocrita succhiasangue"... Come tutti gli altri, insomma. Nemmeno Patrick è riuscito a convincerlo. Però è riuscito a ottenere da lui un appuntamento per il tè, questo pomeriggio alle cinque in punto. Se gli manderemo qualcuno di "passabile", così ha dichiarato Samuel, lui proverà ad ascoltare le nostre proposte.»

Oddio! Sta accadendo davvero? E tra i "passabili" loro hanno estratto proprio me dal loro cilindro?

«Chiara, io ti ringrazio per la fiducia, però...» Deglutisco a fatica. Perché sta succedendo? Perché proprio a me?

«Elena, parliamoci francamente!» Chiara si alza, ho come la sensazione che questa conversazione stia giungendo al termine. «Non si tratta di fiducia, si tratta di mancanza di alternative. Si tratta del fatto che dobbiamo fare tutto il possibile e anche l'impossibile per tenerci quel testardo, scorbutico e anche un po' schizzato tra i nostri autori. E tu, al momento, sei la persona che ha più probabilità di riuscire nello scopo. Quindi oggi andrai a farti un bel giro sul lago di Como e prenderai un tè con Samuel Sunrise.»

«Io...» Io voglio scomparire. Se mi mandassero sulla Luna forse sarei più ottimista. Le rivolgo però un sorriso compiaciuto, quasi entusiasta. «Va bene, farò il possibile!»

«Ottimo! Proprio quello che volevo sentire.» Chiara finalmente sembra aver raggiunto il suo scopo della giornata. Scaricare tutto il peso del mondo su un'altra persona. «Ah, e per quanto riguarda il viaggio, non andrai sola. Connor Milligan ti accompagnerà. Lui è irlandese e siete entrambi nella fascia d'età adatta di quando Sunrise ha iniziato a pubblicare i suoi primi romanzi per ragazzi. Lo scopo è farlo sentire il più a suo agio possibile e spingerlo a fidarsi di voi, come si fiderebbe dei protagonisti dei suoi libri.»

CAPITOLO 14

Alcuni dei protagonisti e coprotagonisti dei libri di Samuel Sunrise sono dei piccoli bulli di quartiere, stronzetti, futuri sociopatici con un destino da picchiatori se non addirittura da serial killer. Ma suppongo che Chiara non abbia effettuato una completa immersione nella produzione di Sunrise che consiste di oltre settanta libri pubblicati e un numero imprecisato di inediti. Solo perché spero non si sia fatta questa opinione di me e di Connor.

Qualche ora più tardi, sbuffo e lancio un'occhiata al mio compagno di missione impossibile, che siede accanto a me al lato del guidatore. Siamo la delegazione dei "passabili", a quanto pare.

«Tu da quanto lo sai?» Mi decido a chiedergli. Non so perché, ma ho la sensazione di essere la sola che è rimasta all'oscuro del grande piano fino all'ultimo.

«Da questa mattina, più o meno come te.» Connor mi ricambia con un'occhiata quasi risentita, come se avessi osato dubitare di lui e della sua buona fede. «Patrick ha contattato Samuel Sunrise e lui ha accettato di vedere qualcuno per l'ora del tè. Questo pomeriggio o mai più, prendere o lasciare.»

«Mmh...» Non mi resta altro che credergli. Però... «Non sei stato tu a proporre me per andare a contrattare con Sunrise, vero Connor?»

«Non prenderlo come un dispetto, Elena.»

Mi volto di scatto verso di lui. Cos'è? Un'ammissione di colpa?

«Connor!»

«Insieme a Patrick e Chiara abbiamo valutato tutte le possibilità e...» Ora la sua occhiata diventa allusiva. Una delle sue occhiate allusive, nello specifico. «E sei saltata fuori tu.»

«Luca Botti, invece, che è il curatore della sezione italiana di una delle collane per bambini più apprezzate della "Emerald", non vi è proprio venuto in mente, vero?»

«Sì, certo.» Connor annuisce tranquillo. «Ci abbiamo pensato eccome. Ma saremmo stati due uomini, in quel caso.»

«Come?»

Connor sospira pesantemente. Come se non volesse proprio spiegarmi le cose come stanno, ma si ritrovasse costretto a farlo.

«Psicologia umana, Elena. Patrick e Chiara hanno pensato... e a dire il vero anche io non me la sono sentita di contraddirli, che un uomo e una donna avrebbero dato un'immagine più tranquillizzante, più...» Gesticola con la mano, come a farmi intendere il seguito. «Più conforme al suo tipo di pubblico e via dicendo. Insomma... anche molte ragazzine leggono i suoi libri.»

«Quindi io rappresento l'immagine della ragazzina, o ex-ragazzina, lettrice dei suoi libri. E inoltre sono una donna che viene accoppiata opportunamente a un uomo per...» Non proseguo. Non so nemmeno io di preciso dove voglio arrivare. Ma credo di aver compreso il loro punto di vista. E forse anche quello di Samuel Sunrise, secondo l'idea che si sono fatti di lui.

«Per... appunto, esattamente ciò che stai pensando!» conclude Connor. «Per questo sei stata scelta tu. Anche per questo, voglio dire.»

«Visione maschilista...» bofonchio tra me, ma in modo che lui mi senta. «E anche sessista!»

Incrocio le braccia al petto e guardo dritta di fronte a me, stringendo gli occhi. Siamo usciti da Milano e ci stiamo dirigendo verso Como. Ancora non mi spiego come Connor sappia gestire la situazione e guidare così bene, con una tale sicurezza, qui in Italia. La guida con il volante e il senso di marcia opposti a quelli a cui è abituato non lo sconvolge minimamente. Me lo sono chiesta anche quando mi ha dato il passaggio dopo l'evento all'orfanotrofio. Quando ci ho provato io, in Irlanda, per poco non andavo a schiantarmi.

«Non ti fidi di me?» Mi lancia uno sguardo divertito. Sembra in grado di interpretare i miei pensieri, anche questa volta. «So guidare da entrambi i lati, ho vissuto per due anni negli Stati Uniti.»

«Più di quanto mi fidi di me stessa, in realtà.» Mi appoggio con la testa allo schienale e socchiudo gli occhi, per un attimo.

Per qualche istante regna il silenzio, all'interno dell'abitacolo. Non so più cosa dire, come se mi sentissi sopraffatta da troppi pensieri e non riuscissi a sceglierne uno con cui instaurare una sorta di conversazione sensata o di scambio di idee.

Poi gli lancio un'occhiata fugace. Sembra pensieroso, anche lui. Eppure… eppure ne avrei di cose da dire. Ma mi rendo conto che non è il momento e neppure il luogo. Abbiamo una missione da portare a termine, senza nemmeno la certezza di riuscirci. E poi, forse, il momento e il luogo adatto a ciò che vorrei dirgli non esistono. L'attimo è passato e non tornerà più indietro.

«Non ti preoccupare, Elena.» Mi dice all'improvviso, con il suo tono di voce roco che sa essere incredibilmente seducente.

«Che cosa intendi?» Forse non avrei dovuto nemmeno chiedere. È ovvio che si riferisce al nostro incontro con Samuel Sunrise.

«Intendo tutto, in generale.» Volta il viso verso di me, per un istante. E accenna un sorriso.

«Se... se non andrà bene con lui...» Riporto l'attenzione sul piano professionale, già complesso. Perché non sarei in grado, al momento, di affrontare quello personale.

«Avremmo fatto del nostro meglio, comunque.» Connor fa un respiro profondo. Non riesco ancora a comprendere se si riferisce davvero a Sunrise o se sta tentando di spostare il discorso altrove. «Come sempre.»

Una volta arrivati a Como, dopo aver seguito attentamente le indicazioni del navigatore, ci ritroviamo di fronte a villa Bianca, la residenza di Samuel Sunrise. Una struttura in stile neoclassico che si erge elegantemente sulla riva, circondata da un ampio giardino e con una terrazza panoramica che regala una meravigliosa visuale sul lago.

«Sono le quattro e quarantacinque, siamo in perfetto orario» annuncia Connor, con aria soddisfatta. «Il tempo di presentarci alla porta...»

Annuisco e mi porto una mano sul petto. Okay, sono pronta! Devo esserlo per forza, insomma. Apro la portiera e scendo dall'auto, aspetto che Connor faccia lo stesso. Poso la mano sulla mia tracolla, dove sono contenuti alcuni fascicoli con le nostre proposte editoriali e la struttura delle nostre collane più recenti che ho intenzione di illustrare al nostro autore solitario. Spero che possano servire a suscitare il suo interesse e a farlo decidere a restare con noi.

Connor mi imita e ci incamminiamo verso l'ampia cancellata in ferro scuro, maestosa e finemente decorata. Quando lui suona al videocitofono trattengo per un attimo il fiato, ma l'interruttore scatta senza che qualcuno ci chieda chi siamo e cosa vogliamo.

Ci scambiamo una rapida occhiata prima di oltrepassare il cancello, poi lo splendido giardino e avviarci verso la porta della villa bianca con rifiniture color crema. Saliamo i gradini della scalinata che ci separano dall'ingresso principale. Non c'è nemmeno bisogno di suonare nuovamente perché un uomo alto e magro sulla sessantina ci attende sulla porta, con aria fin troppo seria e composta. Dalle rare fotografie che girano di Samuel Sunrise non mi sembra lui, oltre al fatto che credo sia decisamente troppo giovane.

«Buon pomeriggio, noi siamo...» Connor si affretta a presentarci entrambi, ma l'uomo annuisce e lo precede.

«Il signor Sunrise vi raggiungerà a breve nella sala da tè.»

CAPITOLO 15

Connor

«E la risposta vera?» Mi aveva chiesto Elena, nello stesso giorno di dicembre di sei anni fa.

La risposta vera la conoscevamo entrambi. Da alcune settimane, ormai.

Senza che lo chiedessimo. Senza che lo cercassimo.

Perché io non volevo storie né serie né superficiali. Non volevo storie e basta. E lei era fidanzata all'incirca da tutta la vita con un ragazzo che conosceva dall'asilo, figlio di amici dei suoi, che aspettava il suo rientro in Italia per le vacanze di Natale.

Meglio così, avevo pensato all'inizio. Lei se ne sarebbe andata, sparendo per sempre dai miei orizzonti.

Ma quella domanda, quella domanda aveva cambiato tutto. Aveva cambiato noi.

La risposta era stata anche peggio. Perché il gioco, la sfida e tutto quello che ci passava attraverso ci avevano colpiti entrambi, lasciandoci senza fiato, senza forza per resistere a noi stessi, alla voglia di stringerci, di percorrere insieme quelle strade e altre ancora. Oltre Dublino, oltre la contea, forse anche oltre l'Irlanda, quella terra di magia, superstizione, legami ancestrali.

Sapevo di trovarla, quando ho accettato di trascorrere questo mese a Milano. Sapevo che mi sarei imbattuto in Elena Valli e ho deciso volontariamente di affrontare questa missione dopo averla evitata con tutte le mie forze per anni. La temevo e la desideravo, allo stesso tempo. Perché, alla fine, quelle sue ultime settimane a Dublino, le avevamo vissute in fretta, troppo in fretta. E da lì la mia scarsa simpatia per il Natale non aveva fatto che amplificarsi perché l'avrebbe portata via da me.

Avrei voluto trattenerla, chiederle di restare per sempre. In parte l'ho fatto davvero, scontrandomi con il suo senso di colpa, la sua sfiducia nei miei confronti. La volevo a tutti i costi, perché non potevo averla, non del tutto. In parte era così. Ma era la parte meno importante, meno prevalente di ciò che provavo per lei.

Anche i nostri baci, fin dal primo in Merrion Square Park, erano un prendere e lasciare, un tutto e niente. Con la sensazione che fosse la cosa più giusta del mondo e, allo stesso tempo, l'errore peggiore che potessimo commettere.

La nostra storia passava comunque attraverso il filtro della comune scoperta di noi stessi. Le ho regalato un folletto intagliato, per Natale. Poco prima che se ne andasse, quando aveva mostrato tutto il suo interesse per i miti e le leggende irlandesi. Sperando che, in qualche modo, quel buffo folletto irlandese con in mano un libro l'accompagnasse a casa e poi la convincesse a tornare da me e nel paese che sapeva descrivere con una sola parola: magico. Anche senza che io glielo chiedessi espressamente o la implorassi.

Magico. Com'era stata magica la storia tra noi o, meglio, la non-storia. Quella "cosa" che nessuno di noi due aveva chiesto o cercato.

Io non avevo intenzione di innamorarmi. Ma del resto non è sempre così che ci si innamora? Senza intenzione.

«Potresti anche restare per sempre.» Non lo stavo chiedendo, era solo un'ipotesi.

«Sì, potrei.» I suoi occhi mi stavano suggerendo di chiederlo davvero, non ipoteticamente? «Ma perché dovrei, Connor?»

«Perché io credo...»

***

Torno al presente. Al qui e ora. In Italia e non più in Irlanda. Scuoto la testa. Elena, la nuova versione di Elena, con sei anni di più, mi lancia un'occhiata perplessa. Sospiro e mi stringo nelle spalle con aria spazientita. Stiamo aspettando

Samuel Sunrise che, a quanto pare, ci sta prendendo gusto a lasciarci qui in attesa.

Non posso confessarle che sto pensando a noi, a quel noi di sei anni fa che nel frattempo si è perso diventando un nulla o un qualcosa di trascurabile e remoto.

"Perché io credo di amarti."

Non lo credevo soltanto. Ne ero sicuro, ma ho preferito lasciare quel margine di incertezza che mi avrebbe permesso di sfuggire, di svincolarmi. Elena Valli mi ha preso con la diffidenza, poi mi ha coinvolto, poco alla volta, come una dose quotidiana a cui non avrei più saputo rinunciare o resistere.

"Anche io lo credo." Evidentemente lo credeva davvero lei. Nel senso che lo credeva e basta. "Ma non posso essere così egoista, io ho troppa paura di restare in un mondo non mio. Ho paura anche di quello che ho sempre creduto mio, questo è il punto. Quindi… quindi devo tornare a casa."

Forse aveva ragione lei. Forse ha ancora ragione lei. Ma, nel suo aver ragione, mi ha spezzato un cuore che non ero mai stato nemmeno tanto sicuro di avere.

Ciò che conta è l'adesso, comunque. Attendere Samuel Sunrise, trascinarlo con noi, anche di peso. Risolvere la situazione allarmante della "Emerald" italiana, con quell'indolente di

Alberto Giraldi che non solo abbandona la nave che affonda, ma contribuisce attivamente a inabissarla ancora più a fondo, da troppo tempo. Ho promesso a Patrick di fare del mio meglio e non ho intenzione di tirarmi indietro.

Appena ho rivisto Elena ho pensato di evitarla, di mantenere le dovute distanze. Ma nel giro di pochi minuti mi sono reso conto che sarebbe stato inutile.

Mi fa ancora lo stesso effetto. Dubito che la sensazione sia reciproca, si è mostrata piuttosto insofferente alla mia vista. Ma non importa, ho deciso di lasciare che le cose vadano come devono andare. Lavorare con lei, come un tempo, non è poi così male. Nonostante il suo carattere impetuoso, nonostante le sue sfuriate.

La sua vitalità mi sconvolge, anche quando sta ferma e zitta. C'è ancora un mondo che passa attraverso quei suoi grandi occhi scuri, come due oceani profondi di cui non riesco mai a scorgere l'abisso. Ma in cui, oggi come ieri, io non vedo l'ora di affondare.

CAPITOLO 16

La sala da tè, così come l'ha definita il maggiordomo di Samuel Sunrise, è un luogo accogliente in cui domina un caminetto acceso che rende l'atmosfera ancora più intima. Fanno da contorno un salottino in stile impero, un tavolo di cristallo e una piccola biblioteca in legno massiccio.

Io e Connor, su suggerimento del maggiordomo, ci siamo accomodati sul divano. Controllo il cellulare nella mia borsa. Sono le quattro e cinquantasei. Individuo anche la notifica di una e-mail, ma non mi sembra il caso di aprire la mia posta proprio ora. Vorrei riuscire a trattenermi, a controllarmi, ma ora mi sto davvero lasciando prendere dal panico. Intanto scattano le quattro e cinquantasette. Insomma, quando ci ha chiesto di presentarci per il tè delle cinque, intendeva davvero... le cinque.

«Elena...» Sento la mano di Connor posarsi sulla mia, sulla fodera del divano. Massaggia leggermente con le dita sul mio dorso. «Stai calma.»

«Mmh...» annuisco ma allo stesso tempo mi sento avvampare. Che Connor mi tocchi per calmarmi non è la migliore delle idee, anzi. Ma ovviamente lui questo non lo può sapere. Cerco di riportare la concentrazione allo scopo di questa visita. Convincere un autore a pubblicare con la nostra casa editrice. «Sono calma.»

Altra occhiata all'ora, quattro e cinquantanove. Lascio scivolare il cellulare all'interno della borsa, dimenticandomi della sua esistenza, e resto in attesa.

Pochi istanti più tardi percepisco un movimento proveniente dalla porta della saletta. Quando si apre un uomo dal viso rotondo e dall'espressione bonaria, anche se accigliata, sposta un paio di stravaganti occhiali quadrati fin sulla punta del naso e fissa gli occhietti vispi su di noi.

«Eccovi qui. Almeno siete puntuali.»

È lui, lo riconosco. Un po' invecchiato rispetto alle foto che ho visto, con qualche chilo in più e capello in meno, ma indubbiamente lui. Inaspettatamente si è rivolto a noi in un italiano perfetto, senza accento né inflessione straniera. Anche l'italiano di Connor è ottimo, ma non così naturale.

Invece di procedere verso di noi, Samuel Sunrise resta fermo nella sua posizione continuando a scrutarci.

A questo punto Connor, che proprio come me è rimasto incantato a osservare il nostro ospite, si alza in piedi e gli tende la mano per presentarsi. Io immediatamente lo imito.

«Connor Milligan, sono molto lieto di conoscerla, signor Sunrise.» Poi si volta verso di me, con un gesto quasi cavalleresco. «La mia collega, la dottoressa Elena Valli.»

Gli sono quasi grata di avermi presentata, annuisco e accenno un sorriso verso Samuel, che ancora ci osserva con aria decisamente troppo scettica.

«Io sono... davvero felice che abbia accettato di incontrarci.» Devo inventarmi qualcosa, in fretta. Chiara non ha esagerato. Quest'uomo sembra proprio sul punto di mandarci al diavolo entrambi. «Vorrei dirle che io ho letto...»

«Vuole dirmi che ha letto tutti i miei libri.» Improvvisamente punta lo sguardo su di me e io ho la netta impressione che si stia preparando a sbranarmi da un momento all'altro. E pensare che sembrerebbe un vecchietto tanto carino! «E che si è ritrovata in tutto quello che ho scritto, vero?»

Okay, se mentissi quest'uomo mi scoprirebbe nel giro di una frazione di secondo. Meglio puntare sulla verità.

«No. Ne ho letto soltanto qualcuno, in realtà.» Deglutisco a fatica, cerco di recuperare il fiato per proseguire. «In alcuni mi sono ritrovata, in altri molto meno.»

«Se si fosse ritrovata in tutto ciò che ha letto di mio, o in quel poco, sarebbe davvero preoccupante, dottoressa Valli!»

E all'improvviso scoppia a ridere. Così, dal nulla! Stringe la mano di Connor e poi la mia. Ci indica il divano e poi si siede sulla poltrona accanto.

«Prendiamo il tè e togliamoci questa palla al piede di colloquio.» Ci lancia un'occhiata allusiva, indagatrice. «Vi hanno costretto a venire fino a qui per convincermi a firmare, vero? Non vi invidio!»

Nel frattempo, magicamente, compare lo stesso maggiordomo che ci ha accolti con un vassoio e ci serve il tè con limone o latte, a scelta, e alcuni biscotti alla crema e al cioccolato che sembrano fatti in casa.

«Grazie, Giacomo.» Sunrise lo ringrazia e noi facciamo lo stesso.

«Per quanto mi riguarda non mi è dispiaciuto.» Connor, con la tazza di tè tra le dita, sembra sciogliersi, si stringe nelle spalle e ora si mostra decisamente propenso a riprendere la conversazione lasciata in sospeso. So di cosa è capace, l'ho visto già in azione in passato. «Io ho letto veramente tutti i suoi libri, dal primo, quando ero ancora un ragazzino, all'ultimo, due anni fa. Quindi, quando mi è stata data l'opportunità di conoscerla di persona… semplicemente l'ho colta.»

È sincero, lo so. Connor, come me, ha capito che sarebbe del tutto inutile tentare di lusingare l'ego di Samuel Sunrise con i complimenti. Non funzionerebbe, come funziona con altri autori. Anzi, servirebbe soltanto a indispettirlo ancora di più nei nostri confronti e nei confronti degli editori in generale.

Samuel sembra ancora diffidente nei nostri confronti, sembra studiarci. Poi annuisce.

«Posso capire.» Resta per un attimo in silenzio, prima di proseguire. «Quindi, cosa volete da me esattamente? Che pubblichi tutti i miei libri con la vostra cosa editrice? E perché dovrei farlo? Cosa avete di più e di meglio rispetto agli altri?»

Bella domanda, davvero! Scambio un'occhiata con Connor. Vorrei che, a questo punto, fosse lui a prendere la parola e a illustrare a Sunrise le nostre varie proposte. Ma lui scuote appena la testa, poi mi fa un breve cenno. Vuole davvero che sia io a tentare la sorte?

«Noi… siamo ancora una piccola casa editrice, rispetto a quelle con cui ha firmato precedentemente.» Oddio, non così piccola! Cosa sto facendo? Sminuirci non ci aiuterà, temo! Devo cambiare tattica. «Però, il potenziale umano che possiamo offrire ai nostri autori è davvero immenso.»

Immenso? Starò esagerando? Mi ero studiata un bel discorso, accidenti! Ma dov'è andato a finire? Sembra sia svanito completamente dal mio cervello. Forse sarebbe stato meglio improntare la conversazione in inglese, è una lingua più neutra, meno... passionale? Non saprei, ma l'improvvisazione mi riesce meglio. No, no... il disastro sarebbe stato lo stesso, alla fine.

«Immenso, dice?»

Ecco, lo sapevo di aver sbagliato parola! E lui è uno scrittore, ci vive con le parole, ci gioca! Ci si è aggrappato e ha colto l'occasione al volo.

«Sì, immenso.» E ormai che cosa devo fare? Non posso mica gettare il sasso e poi nascondere la mano! «Noi siamo disposti a seguirla, passo dopo passo. In qualunque scelta, in qualunque decisione, noi saremo al suo fianco.»

Noi? Noi chi? Va bene, il plurale maiestatis in questo caso è d'obbligo. Se riusciremo a convincerlo, poi faremo fronte alla situazione.

Samuel Sunrise rimane in silenzio. Torna a studiarmi, ad analizzarmi con la sua espressione imperscrutabile. Poi si alza. Ecco, il disastro è compiuto. Noto che ha anche terminato il tè, la sua tazza è vuota. Ora ci manderà al diavolo e fine della storia.

Ci volta le spalle e si avvia verso la porta. Poi si gira nuovamente verso di noi, si abbassa gli occhiali e sgrana leggermente quegli occhietti vispi.

«Cosa fate lì seduti? Seguitemi!»

CAPITOLO 17

«Gli editori sono tutti farabutti. Il mondo è pieno di farabutti e di manipolatori.» Le parole di Samuel Sunrise quadrano alla perfezione con l'appunto che si era presa Chiara, quando mi aveva parlato di lui nel suo ufficio. «E noi, in qualche modo, dobbiamo imparare a difenderci. Ma diventa sempre più difficile, ogni giorno che passa. Le persone non sembrano più in grado di mantenere la parola data.»

Dopo aver abbandonato la sala da tè, lo abbiamo seguito nella sua biblioteca privata, quella dove ha raccolto tutte le copie personali dei suoi libri, in diverse lingue.

Si guarda intorno, la stanza emana calore ed eleganza al tempo stesso.

«Questo era il mio mondo.» Estrae alcuni volumi, le prime edizioni, e ce li mostra.

Connor viene attratto dalla prima edizione della copia italiana del suo primo libro.

«Fantastico!» Allunga la mano, per toccarla, poi si trattiene. «*La grandiosa scoperta del piccolo Matt*!» Poi rivolge la sua attenzione a un altro libro, un'edizione inglese. «*Misteries and murders in the haunted wood*!»

Sorrido e mi mordo leggermente le labbra. Sembra un bambino in un parco giochi, non ricordo di averlo mai visto così.

«Perché parla al passato?» Distolgo lo sguardo da Connor e mi focalizzo su Samuel, sulle sue parole. «Può essere ancora il suo mondo.»

«Ne dubito.» Samuel risponde in modo sprezzante, drastico. «La mia Bianca, mia moglie, si occupava di tutto. Era brava lei, geniale. Questo era come un giardino che lei sapeva coltivare alla perfezione, io invece...»

Restiamo in silenzio, sia io sia Connor. E ci scambiamo un'occhiata. Ci rendiamo conto, entrambi, che costringere Samuel a proseguire sarebbe controproducente.

«Ora che lei se n'è andata, tutti mi chiamano di continuo per convincermi a firmare qualcosa, a stipulare contratti.» Scuote la testa, rassegnato. «Non si può vivere così. Bianca ci sapeva fare con queste cose, era eccellente. E io, per così tanti anni, non me ne sono nemmeno reso conto, pensate un po'! Perché io ero l'artista, il grande scrittore...» Sospira, passando le dita sulle varie edizioni dei suoi libri. «La verità, ragazzi miei, è che c'era lei dietro a tutto questo. C'è sempre stata lei. A contattare i miei primi editori quarant'anni fa, a spedire i miei manoscritti, a selezionare le copertine migliori che mi venivano proposte, ad accordarsi per gli eventi a cui avrei partecipato, le interviste, le dichiarazioni alla stampa. Ad occuparsi di quei maledetti social network che io detesto, insieme a quel cretino del mio ex agente. C'è sempre stata lei a convivere e a combattere contro tutta la merda che il mondo scaraventava addosso a me e ai miei libri, contro tutte le incomprensioni che a volte il mio atteggiamento suscitava... mentre io mi limitavo a mandare tutti a farsi fottere e mi rintanavo nel mio studio, a scrivere. Cosa che ho fatto fino a questa mattina, infatti. Mandare al diavolo questo mondo, sempre più avido, cinico e cattivo.»

Lo capisco. Lo capisco più di quanto riesca a esprimere. E la verità è che vorrei aiutarlo, al di là dell'incarico che mi è stato assegnato dalla casa editrice per cui lavoro.

«Io vorrei dirle...» Mi pizzicano gli occhi. Dovrei trattenermi, ma scelgo di non farlo. «Vorrei poterle ripetere ciò che le ho promesso poco fa. Che siamo disposti a seguirla, ad essere al suo fianco, sempre, passo dopo passo. Ma la verità è che non posso.»

«Elena...» Connor sussurra il mio nome, perplesso.

Proseguo, prima che lui intervenga a contraddirmi. «Io non potrò mai sostituirmi a sua moglie, Samuel. Nessuno di noi potrà prendere il posto di Bianca e proteggerla come ha fatto lei in tutti questi anni.»

«Lo so.» Samuel, inaspettatamente, annuisce e sorride. «Non ci vuole poi molto a dire la verità, alla fine.»

«Quello che posso prometterle è di aiutarla a prendere le sue decisioni da solo, per quanto possibile. A selezionare le copertine migliori, accordarsi per gli eventi... e tutto il resto. Il nostro team può aiutarla in questo, ma lei, signor Sunrise, dovrà raggiungere la sua indipendenza. Affacciarsi sul mondo, come fanno i suoi personaggi, sfidarlo e far valere le sue ragioni, se necessario.»

«Il mondo reale...»

Scambio una breve occhiata con Connor. Il mondo reale. È questo a spaventare questo autore geniale e un po' folle che senza l'energia vitale di sua moglie si è chiuso nel suo guscio a tal punto da non volerne più uscire.

«Non è il solo ad averne paura, Samuel.» Connor prende la parola. «Ma lei, a differenza mia e di altri, ha un potere. Quello di creare storie che restano nel cuore delle persone, le aiutano a combattere e forse, con un po' di fortuna, anche a vincere qualche volta.»

«E va bene!» L'esclamazione improvvisa di Samuel, seguita all'attimo di intenso silenzio dopo le parole di Connor, mi fa quasi sobbalzare. «Vi hanno addestrati bene, non c'è che dire! E comunque... la "Emerald Ink House" è stata la casa editrice selezionata da Bianca, mi aveva già convinto a pubblicare tutte le mie opere con voi, prima di andarsene. Presenti, future... e anche passate, appena libere dai contratti in corso. In questi ultimi anni aveva iniziato a studiare attentamente il vostro lavoro, il vostro percorso e aveva collezionato buona parte dei vostri libri. Era convinta che affidarmi a voi fosse la scelta migliore, per me.»

Cosa? Non ci posso credere!

«Questo significa che...»

«Avevo già deciso! Ancora prima che quella canaglia di Patrick Kingston mi telefonasse questa mattina. Mi sono solo divertito a tenere tutti un po' in sospeso.»

E osa definire "canaglia" Patrick Kingston! Sono incredula. Guardo Connor e anche lui sembra attraversato dal mio stesso pensiero. Non so se mandare al diavolo Samuel Sunrise o scoppiare in una risata liberatoria. Cerco di trattenere entrambe le emozioni, per il momento.

«E comunque...» Sunrise sembra aver rammentato improvvisamente qualcosa di importante, solleva l'indice pensieroso. «Per quanto riguarda i maledetti social media e tutte quelle diavolerie varie... mi dovrete insegnare anche quelli, partendo dalle basi. Prendere o lasciare!»

«Prendiamo!» esclamiamo io e Connor, in contemporanea.

***

«Ma che bastardo!» Le prime parole di Connor appena salito in macchina dopo aver lasciato la villa di Samuel Sunrise non mi sorprendono.

Scuote la testa, scoppia a ridere. E io faccio lo stesso.

«Aveva già deciso! Ti rendi conto... lui aveva già deciso!» Non posso ancora crederci. «Ci ha presi in giro!»

«Ah, questo è certo» conferma Connor, arricciando il naso. «Il dannato senso dell'umorismo irlandese.»

«Ovvio, ormai dovrei averci fatto l'abitudine» gli lancio un'occhiata un po' perfida, almeno nelle intenzioni. «Però il punto è che ha fregato anche te!»

«Nooo... a un certo punto io avevo capito...» Connor increspa le labbra, con aria provocante.

«Balle, Milligan!» Gli rido spudoratamente in faccia, indicandolo col dito. «Ci sei cascato come e più di me, ammettilo!»

Connor solleva la mano per negare e così facendo afferra la mia, in modo tale che le nostre dita quasi si intreccino.

«Niente da fare, Valli. Io non ammetto proprio niente.»

Improvvisamente torniamo seri, entrambi. E il mio cuore prende a battere all'impazzata. Connor lascia andare la mia mano, quasi di scatto.

«Noi, dovremmo…» Cerco di recuperare la padronanza di me stessa, delle mie emozioni che mi stanno letteralmente sfuggendo da ogni tipo di controllo. «Chiamare i nostri capi per informarli, magari…»

«Possiamo anche aspettare.» Connor si schiarisce la voce e si morde fugacemente le labbra. «Elena…»

Si volta di scatto verso di me, solleva la mano e sfiora i miei capelli. I suoi occhi verdi, quello smeraldo che fa parte dei miei desideri da troppi anni ormai, sono su di me, incastrati nei miei. Ma è questione di un attimo, solo di un attimo perché Connor torna a sedersi composto, pronto a guidare verso Milano.

«Chiara sarà contenta, spero.» Dico la prima banalità che mi viene in mente, solo per occupare quel tempo e quello spazio rimasto in sospeso tra noi.

«Anche Patrick, ne sono certo.» Lui fa lo stesso e per l'identico motivo, immagino.

«Bene» annuisco, stringendomi forte la borsa sulle ginocchia. «Andiamo a casa.»

CAPITOLO 18

Dopo la missione speciale in cui siamo rimasti coinvolti, i nostri rapporti non sono cambiati. Non che ci sperassi, del resto. Almeno in apparenza, siamo sempre gli stessi. Ma dentro di me si è scatenata una sorta di vera rivoluzione e non credo di essere più in grado di placarla o di arrestarla.

C'è stato quell'attimo... quell'attimo in cui, risaliti in macchina, abbiamo riso insieme, abbiamo scherzato come se fosse la cosa più naturale al mondo. Poi Connor mi ha afferrato la mano, mi ha sfiorato i capelli. E io mi sono convinta, per un folle e magico istante, che mi avrebbe baciata, che tutto sarebbe ricominciato da dove lo avevamo interrotto. Il mio cuore ha preso a fremere, in attesa. E anche il mio corpo non aspettava altro.

Comunque, è il mondo reale ad attendermi al varco, come sempre. Una volta raggiunta la sede della casa editrice, anche se piuttosto tardi, Chiara è rimasta soddisfatta del risultato ottenuto, ma non le ho nascosto che Samuel Sunrise aveva già preso la decisione di affidare alla "Emerald" la sua produzione letteraria. Intanto, Connor si è premurato di informare anche Patrick. Suppongo che si stiano dando già da fare con i primi contratti destinati alle nuove opere di Samuel.

Cerco di distogliermi dal piccolo limbo in cui ho trascorso tutto il mio pomeriggio, tra la conversazione nell'ufficio di Chiara, la paura di perdere il lavoro, l'incarico che mi è stato affidato, il viaggio verso Como, l'incontro con Samuel Sunrise e poi... Connor, ciò che non ho mai smesso di provare per lui.

Anche durante il mio solito percorso verso casa mi sento frastornata. Una volta raggiunto il mio appartamento e oltrepassata la soglia, mi siedo sul divano sentendomi distrutta. Soltanto in quel preciso istante rammento qualcosa che avevo momentaneamente ignorato quando mi trovavo sul punto di incontrare Samuel.

Cerco il mio cellulare nella borsa, controllo le mie e-mail e noto quella arrivata dalla libreria indipendente "Fogli Intrepidi", una delle due che avevo contattato a proposito del libro di Calvino. La mail è già aperta, devo avere erroneamente cliccato mentre riponevo il cellulare nella borsa prima dell'arrivo di Samuel. Comunque, mi comunicano gentilmente di avere una prima edizione in ottimo stato di *Se una notte d'inverno un viaggiatore* e che la terranno da parte per me.

Ottimo! Ormai purtroppo è tardi, ma rispondo comunque che li raggiungerò in mattinata.

Calcolo la distanza dalla casa editrice. Per mia fortuna, la libreria si trova su una strada parallela e, alternando leggermente il mio percorso, dovrei riuscire a comprare il libro e arrivare puntuale al lavoro e senza intoppi.

Dopo una cena rapida mi avvolgo nella mia coperta preferita e tento di distrarmi con una commedia natalizia. Ma la verità è che non faccio altro che pensare a Connor, a quel momento quasi perfetto tra noi. E mi chiedo se io avrei dovuto fare qualcosa, un gesto nei suoi confronti, forse. Anche se, probabilmente, sarei soltanto riuscita a peggiorare la situazione.

La mattina mi alzo presto, mi preparo e mi avvio decisa verso la libreria "Fogli Intrepidi" per assicurarmi la copia del libro che mi hanno messo da parte.

È una piccola libreria d'antiquariato e libri di seconda mano, seminascosta in un vicolo di Brera, ma piuttosto affascinante nel suo stile, con l'unica vetrina stracolma di libri e l'ingresso costituito da un piccolo corridoio che porta verso un locale più ampio. L'odore di carta e legno antico riempie l'aria, gli scaffali altissimi sembrano straripare di libri rari.

Mi guardo intorno e incrocio lo sguardo con un uomo anziano con gli occhiali tondi e una sciarpa a righe avvolta intorno al collo, impegnato a schedare alcuni volumi.

«Buongiorno. Sono venuta a ritirare la prima edizione di *Se una notte d'inverno un viaggiatore* che mi avete messo da parte.»

«Buongiorno.» L'uomo inclina il viso e mi guarda un po' perplesso. «Come, scusi?»

Immagino che abbia problemi d'udito, quindi ripeto tutto con voce leggermente più alta. «Sono Elena Valli» aggiungo. «Ho ricevuto una e-mail dalla libreria in cui...»

«Sì, certo.» Mi interrompe l'uomo. «Ricordo bene di aver messo la copia da parte ieri. Ma, signorina Valli... lei è già passata a ritirare il suo libro. Ieri sera, prima della chiusura. Io non ero presente al bancone, forse le è stata venduta da mia moglie o da mio figlio. Ci siamo solo noi, qui dentro.»

«No, io...» Mi sento raggelare. Non è possibile! «Non sono passata, io...»

L'avranno venduta a qualcun altro? Mi sembra ovvio! Evidentemente non l'hanno tenuta da parte per me e l'hanno ceduta a una persona che, disgraziatamente, era alla ricerca dello stesso libro!

Perché la sfortuna mi perseguita? Perché si accanisce contro di me?

«Speravo che me la teneste da parte...» sospiro appena, più tra me che contro di lui. Mi sento avvilita. «Ieri sera ho avuto un imprevisto e... non ne avete un'altra copia, vero?»

«Purtroppo no, non in negozio. Ma possiamo cercarla, per lei.» Il povero libraio tenta di consolarmi, come può. «Però...» sospira e scuote la testa. Si sposta dietro al bancone, alla ricerca di qualcosa. Estrae un'agenda, la apre e cerca tra le note, segnando con l'indice. «*Se una notte d'inverno un viaggiatore*, prima edizione tenuta da parte per Elena Valli. Anche se non avevamo ricevuto la sua conferma, ancora, di solito rispettiamo la parola data e tratteniamo il libro, almeno per due o tre giorni. È davvero strano...»

«Non ha importanza. La ringrazio comunque.»

«Farò del mio meglio per trovarne un'altra copia nel più breve tempo possibile.» Mi rassicura. «Sono davvero dispiaciuto.»

Mi sforzo di sorridere. Mi rendo conto che non è stata colpa del libraio, fin troppo gentile e premuroso, evidentemente c'è stato un fraintendimento per cui devono aver creduto che un'altra persona fosse...

...me. Sgrano per un attimo gli occhi mentre uno strano presentimento mi attraversa la mente. No, non può essere!

«Va bene, grazie mille! Arrivederci.»

Saluto il libraio e mi precipito verso la "Emerald", animata da una speranza che però, analizzando la situazione, si spegne gradualmente, a ogni mio passo, per cedere il posto a un terribile e nefasto sospetto che mi riempie l'anima di amarezza.

«Cris!» aggredisco quasi la mia amica, appena la scorgo voltare l'angolo di un corridoio.

«Ehi!» Cristina, colta alla sprovvista dal mio impeto, fissa lo sguardo attonito su di me. «Tutto bene?»

«Sì. Cioè, no.» Cerco di riprendere fiato e di ricompormi. Ma non ho tempo per i convenevoli, devo sapere. «Tu ieri non hai... non hai per caso letto le mie e-mail dall'ufficio, vero? Dal mio computer?»

«Ovviamente no!» Cristina sgrana gli occhi, vagamente incredula e anche un po' risentita. «Elena, mi stai accusando di qualcosa?»

«No, certo che no! Anzi, a questo punto lo avrei sperato. Anche se... nell'improbabile circostanza, mi avresti avvisata.»

«Cosa vuoi dire?»

Le riassumo brevemente la situazione, compreso il sospetto di aver lasciato il mio computer acceso quando mi sono preparata in tutta fretta per raggiungere Samuel Sunrise a Como.

«Qualcuno ha intercettato l'e-mail della libreria e si è fregato il tuo libro, mi sembra chiaro.» La sentenza di Cristina è perentoria, non lascia adito a dubbi. «Ora bisogna capire... chi, qui dentro, ti farebbe una cosa del genere spacciandosi per te? A me viene in mente soltanto una persona. E a te?»

Alzo gli occhi al cielo e mi poso una mano sulla fronte. Lo sappiamo entrambe.

«Lei non poteva sapere che il regalo era per Connor.» Non è un granché come giustificazione. Anche perché, comunque sia, non c'è proprio nulla da giustificare.

«C'erano ottime probabilità, però. In ogni caso, per chiunque fosse, ha voluto farti un dispetto. Ha visto un'occasione e l'ha colta.» Cristina alza le spalle e la sua espressione si fa agguerrita. «Se poi era per Connor, tanto meglio. Saprà di certo che sei andata con lui a Como, ieri. E sei stata con lui anche all'evento di beneficenza. Da come gli gira intorno, non sembra intenzionata a lasciarselo sfuggire.»

Alessia gira intorno a Connor. È un dato di fatto, non dovrebbe stupirmi. Lo fa, incessantemente, da quando lui è arrivato.

«Non avrei dovuto abbandonare il mio computer acceso. Sono stata una stupida!»

«Elena, non potevi immaginare che qualcuno, sul posto di lavoro, si aggirasse con lo scopo di leggere le tue e-mail private!» Cristina si guarda intorno. È infuriata. Temo che, se Alessia le capitasse davanti in questo momento, potrebbe anche farle una scenata.

«Avrei dovuto, invece!» L'afferro per un braccio e cerco di riportare la sua attenzione su di me. Ma lei non sembra disposta ad arrendersi.

«Questa cosa va denunciata. Subito!»

«E con quale prova?» Mi poso entrambe le mani sul viso, mi sento disorientata, sconvolta. «Rischierei di passare dalla parte del torto, accusando una collega. Cosa posso fare? Trascinarla di fronte al libraio... o alla moglie, al figlio che le hanno venduto il libro... e spingerli a un riconoscimento?»

«Sarebbe il caso!» Cristina sbuffa e annuisce convinta. «Che stronza, però! E quel che è peggio è che la passerà liscia anche questa volta.»

«Dipende... oddio, non sarà tanto stupida da regalare davvero quel libro...» Non so esattamente cosa sto pensando. E anche se lo facesse? Anche se lo regalasse proprio a Connor? La situazione non cambierebbe. Non ho prove che abbia spiato la mia e-mail e sia andata a ritirare il libro spacciandosi per me.

«A questo punto credo proprio che sarebbe capace di tutto.»

«Sì, ma... il vero problema è che, anche se il libraio riuscisse a recuperarmi un'altra copia, io non potrei di certo usarla come regalo a Connor. Quindi...» Quindi sono nei guai, di nuovo. «Quindi devo farmi venire in mente altro. Ma con il poco tempo che mi è rimasto dovrò rassegnarmi a regalargli la prima cosa che mi capita o a preparargli una delle mie torte bruciacchiate.»

CAPITOLO 19

La tentazione di afferrare Alessia Marini per il collo, sbatterla a terra, prenderla a botte, rovinare quel suo caschetto sfavillante sempre in ordine e quel ghigno malefico perfettamente truccato è stata quasi irrefrenabile. Però ho resistito.

Soprattutto vedendola aggirarsi per la casa editrice con l'aria trionfante e soddisfatta di chi l'ha avuta vinta, per l'ennesima volta. Forse ha tentato di sfidarmi, più o meno apertamente. Forse avrebbe addirittura preferito che mi scagliassi contro di lei, che l'accusassi e la insultassi. Senza prove reali. Solo con qualche sospetto non confermato, anche se dentro di me ho la certezza assoluta che sia stata proprio lei.

Ma, se avessi seguito l'istinto, lei sarebbe passata per la povera vittima innocente. E io... per l'isterica fuori di testa che accusa una persona per invidia, per gelosia... per incapacità. E chi più ne ha più ne metta!

Passerei per la ragazzina immatura che non accetta le sconfitte. E in parte potrei anche esserlo, lo riconosco. Ma non voglio e non posso dargliela vinta, non questa volta. Per cui non mi resta altro da fare che accettarla davvero questa sconfitta e ingoiare il boccone amaro.

Torno al mio lavoro, sfogliando distrattamente i siti di altre librerie nei momenti di pausa. Tutto inutile. E alla fine anche cercare lo stesso libro altrove sarebbe sciocco. Ormai quell'idea è andata.

Sospiro e mi appoggio allo schienale della mia sedia, cerco di riportare la respirazione nella normalità, lasciar scivolare via la tensione. Ho letto numerosi libri in proposito ma per me è sempre difficile mettere in pratica tante belle idee nella realtà della mia vita quotidiana.

Dopo qualche giorno, la mia situazione non cambia. L'unica vera differenza è che, durante una pausa caffè con Cristina, Luca e Davide, vengo informata del fatto che Connor è tornato in Irlanda, anche se solo per qualche giorno. Quasi mi sento risentita del fatto che non mi abbia informata direttamente, ma mi rendo conto che non posso davvero pretendere nulla da parte sua.

Noi non siamo... non siamo proprio nulla. Nemmeno amici. Siamo solo colleghi che in un paio di circostanze hanno collaborato su ordine dei nostri diretti superiori. Di certo non è tenuto a mettermi al corrente dei suoi spostamenti.

Cerco di calmarmi. E spero, anche se riesco ad ammetterlo solo con me stessa, che la sua partenza non sia definitiva. Non posso pensare

che se ne sia andato per sempre senza che io...
Senza che io cosa?

«Elena...» All'improvviso percepisco una voce in lontananza. «Elena?»

Mi riprendo, sono rimasta trasognata di fronte al mio computer. In questi due ultimi giorni ho dormito poco e male.

«Oh, Roberta... Scusa!» sorrido e sollevo il busto, allontanandomi dallo schermo. «Dimmi pure.»

«Mi dispiace per te, ma...» sospira e scuote la testa. «Insomma, a quanto pare devi tornare da Samuel Sunrise, a Como.»

«Io? E perché?»

«Non ne ho idea. Ma ti aspetta questo pomeriggio per il tè.»

***

Tutto sommato, questo nuovo incarico non mi dispiace affatto. Preferisco passare il pomeriggio in viaggio verso Como e poi con Samuel, piuttosto che restare in ufficio ad affliggermi. E a resistere alla tentazione di saltare al collo di Alessia!

L'unico inconveniente è che questa volta sono sola, senza Connor. Quindi prenderò il treno e, una volta arrivata, Giacomo, il maggiordomo di Samuel, mi porterà in macchina alla villa.

Tutto procede come da programma e poco prima delle cinque mi ritrovo seduta sul divano della sala da tè di Samuel Sunrise. Molto più tranquilla della volta precedente, almeno dal punto di vista professionale, ma con il cuore in totale subbuglio per quanto riguarda la mia vita privata.

Appena Samuel mi raggiunge, mi alzo per salutarlo. Lui mi sorride e mi invita ad accomodarmi, sistemandosi gli occhiali quadrati sul naso con un gesto per lui ormai abituale.

«Ho bisogno del suo aiuto, Elena» mi confessa, senza mezzi termini. Poi si avvicina a uno scaffale della libreria e torna con un computer portatile, che appoggia sul tavolo di fronte a me.

«Del mio aiuto?» Provo a immaginare cosa potrebbe volere da me, senza riuscire ad arrivarci. Magari mostrarmi qualcosa che ha scritto?

«Esatto.» Samuel annuisce con determinazione. È incredibilmente serio. Spero che non sia qualcosa di troppo complicato. E che non vada contro agli interessi della casa editrice.

«Se posso, volentieri.»

«Deve insegnarmi a gestire i miei account, profili, pagine… insomma come diavolo si chiamano. I miei social, tutto quanto.» Samuel si lascia cadere sulla poltroncina, quasi a disagio. «Prima, con Bianca, non ne ho mai voluto sapere.

Il social media manager della "Emerald" ci ha provato, anche se a distanza. Un disastro! Insomma, alla fine anche Giacomo ha tentato di spiegarmi qualcosa e pure Gregorio, il mio giardiniere... Riuscirei più facilmente a partire per la Terra di Mezzo e affrontare un esercito di draghi!»

Vederlo così avvilito per qualcosa che per me è ormai scontata e banale, è quasi divertente, anche se non ho alcuna intenzione di offenderlo. Però posso capire le difficoltà riscontrate da una persona che si rifiuta accanitamente anche di usare il programma di scrittura del computer e preferisce servirsi ancora della macchina da scrivere o addirittura scrivere a mano i suoi testi.

«Va bene, Samuel. Farò del mio meglio.»

Circa un paio d'ore dopo, Samuel Sunrise ha ancora parecchi dubbi e perplessità sull'utilizzo di Facebook e Instagram. Per il momento si rifiuta di tentare la sorte con altri social, lasciandoli gestire alla casa editrice, se proprio necessario. Non vuole più saperne del suo agente che dopo la scomparsa di sua moglie ha tentato di fregarlo. E, per concludere, spera che io torni a trovarlo, di tanto in tanto, per monitorare i suoi progressi nel folle mondo dei social network. Magari scriverà anche un libro, in proposito, i social network che prendono il controllo dominando la razza umana. Anche se, ne è abbastanza certo, quasi sicuramente qualcuno più sveglio e più scaltro ci avrà già pensato prima di lui.

«Il suo amico era impegnato, oggi?» Si riferisce a Connor. Evito di specificare che si tratta di un mio collega, non del "mio amico".

«Si trova in Irlanda, al momento.» Quasi mi dispiace che lo abbia nominato. Ero riuscita a distrarmi e a non pensare a lui per un paio d'ore.

«Mmh... ora capisco.» Samuel annuisce, poco convinto. Non vorrei indagare ma sono curiosa.

«Che cosa, Samuel?»

«La tristezza nel suo sguardo, Elena.»

Non mi aspettavo queste parole, da parte sua. Così, presa alla sprovvista, sgrano gli occhi ma senza replicare. E Samuel non fa altro che rigirare il coltello nella piaga.

«Sì, voglio dire, l'altra volta sembrava spaventata, poi ansiosa di farmi firmare con la casa editrice, infine quasi divertita e sollevata quando è andata via. Ma non era così com'è oggi... triste.»

Ha ragione. Analisi perfetta e puntuale della mia situazione. A tal punto che non so nemmeno io come rispondere.

«È solo che...» Cerco di dire qualcosa, ma non so esattamente cosa. E la verità è che non mi sento nemmeno a disagio o in imbarazzo. Mi sento più che altro vulnerabile, esposta. A tal punto che non mi resta altro da fare che ammettere la verità. «Sì, è vero. Mi sento triste. Ma non si tratta soltanto di Connor, è che...»

«Posso aiutare, in qualche modo?»

«No, Samuel. Ma la ringrazio comunque.» Sorrido e mi mordo le labbra. Sento un pizzicore agli occhi. Mi ci mancherebbe soltanto questo! Mettermi a piangere con uno dei nostri autori più importanti.

«Intanto provi a raccontarmi. Come si dice... i dispiaceri condivisi pesano la metà.»

«E va bene...»

Evitando di svelare la storia passata tra me e Connor, mi concentro sugli episodi più recenti. Anche se, mi rendo conto, Samuel Sunrise è troppo scaltro per non aver già intuito da sé che tra noi c'è stato qualcosa.

«Secret Santa?»

«Sì, si tratta di uno scambio di regali segreto. Nessuno sa chi sarà il suo Secret Santa, si pesca a caso.» Cerco di spiegare. «Insomma, è divertente.» Tranne nel mio caso, quest'anno. Non lo è affatto.

«Certo, so come funziona. Ma così... si rischia di dover comprare un regalo per una persona di cui non ci importa nulla.» Samuel sembra scettico. Non credo che il Secret Santa rientri nei suoi gusti e, a dire il vero, nemmeno nei miei recentemente. «Anche se, nel suo caso, ha pescato Connor.»

«Già! Ma sono rimasta senza regalo per lui. Quindi ora sto cercando di pensare a qualcosa. Mi rendo conto che è una sciocchezza, mi scusi.»

Samuel, senza pronunciare altre parole, si alza e si avvia verso la porta della sala da tè. Poi si volta verso di me e mi invita a seguirlo con un cenno. Una scena molto simile, che sembra quasi una replica di quella della volta precedente. Infatti, lo seguo e ci ritroviamo nuovamente nella sua biblioteca privata.

Sospiro e mi guardo intorno. Perché mai mi avrà portata di nuovo qui?

Mi guarda e si volta verso lo scaffale principale, apparentemente alla ricerca di qualcosa. Quando si rigira verso di me, appoggia sulla scrivania un volume. Lo riconosco, è la prima edizione italiana del suo primo libro, *La grandiosa scoperta del piccolo Matt*. Il più amato da Connor, da bambino.

«Crede che possa andare?»

Lo guardo perplessa. Prima lui, poi torno al libro. «Andare…?»

«Per il suo "amico" Connor. Se non ricordo male, l'altra volta ha mostrato un certo entusiasmo, nei confronti di questo libro.» Samuel lo apre, lo sfoglia per qualche istante, poi lo richiude. «Crede che possa andare come Secret Santa?»

Fisso lo sguardo su Samuel Sunrise, completamente incredula, smarrita. Temo di aver perduto completamente il dono della parola, al momento.

«Mi rendo conto di non poter competere con Italo Calvino» prosegue Samuel. «Però spero che sarà comunque contento, anche perché arriverà da lei. Posso anche dedicarlo e autografarlo, se preferisce.»

«Ma… io…» Mi mordo forte le labbra, mentre le lacrime hanno preso a scivolarmi sul viso, del tutto fuori dal mio controllo. Me le asciugo rapidamente, con entrambe le mani. «Samuel, io non so come… è… è troppo…»

«Elena, è solo un vecchio libro, un insieme di pagine rilegate e messe insieme.» So che non è vero, per quanto Samuel provi a sminuire la questione. È la prima edizione italiana del suo primo libro, curato direttamente da Bianca, sua moglie. È un ricordo importante, per lui. «Ed è davvero sciocco che resti qui a fare la muffa, quando può servire a fare contenta una persona. Anzi, due.»

«Samuel, io non so come ringraziarla.» Ho un nodo in gola, mi trema la voce. «Non potrò mai ripagare la sua generosità…»

«Ma, cara ragazza, mi hai già ripagato.» All'improvviso Samuel scioglie ogni resistenza, dandomi del tu. E poi ride di gusto. «Tutto il tempo che ti ho fatto perdere? E la pazienza, soprattutto, per tentare di inculcare la tecnologia moderna e quei dannati social in questo vecchio testone?»

A questo punto rido anch'io, con gli occhi che ancora mi pizzicano. Mi rendo conto che la mia professionalità, ormai, si è persa tra la sala da tè e la biblioteca di villa Bianca, sciogliendosi infine nelle lacrime che non sono riuscita a trattenere.

«Grazie, Samuel. Non lo dimenticherò mai.» Prendo il libro, che Samuel mi porge dopo aver scritto una dedica e averlo firmato, e accarezzo con cura l'immagine del ragazzino disegnato sulla copertina che, per ironia della sorte, potrebbe somigliare a Connor da bambino.

«È giusto così.» Samuel annuisce, con un sorriso radioso. «Sono certo che ne avrete cura.»

CAPITOLO 20

Connor

«La situazione non è buona, in Italia, ma non è per questo che ti ho chiesto di tornare.» Patrick è noto per la sua abitudine di andare dritto al punto senza perdersi in chiacchiere e senza girarci intorno. È poco irlandese, in questo, ma fa parte del suo stile. «Stiamo progettando di aprire una filiale della "Emerald" a New York. Si tratta più che altro di una prova, di una specie di esperimento a rischio contenuto.»

«Bene, congratulazioni Patrick.» Non so dire se sia una buona idea, con la situazione che si è creata con la sede italiana. Forse sono anche un po' di parte, ora che ci sto lavorando attivamente.

«Capirai che non ti ho convocato qui per ricevere le congratulazioni, Connor.» Patrick si alza, gira intorno alla sedia della scrivania e si posiziona con lo sguardo rivolto alla finestra. Sembra perdersi nel panorama, il Liffey che scorre placido di fronte alla sede della "Emerald". Okay, dovrei preoccuparmi a questo punto? Patrick non è il tipo da perdersi in meditazioni esistenziali. «Sto organizzando una spedizione di "pionieri" disposti ad affrontare la sfida della nostra sede americana a partire dall'inizio dell'anno prossimo. Ci sarò anch'io, temporaneamente, ma come capirai non potrò restare a New York a lungo termine. Anche dall'Italia verranno selezionati alcuni elementi.»

«Ah, bene. Quindi vorresti che ti indicassi personale valido per...»

«No, Connor. Non hai capito.» Patrick si volta quasi di scatto, gli occhi sottili puntati su di me. Con un gesto rapido e nervoso si passa una mano tra i capelli biondi. «Voglio che tu sia a capo di quella spedizione. Sei competente, sei aggiornato su tutto il nostro lavoro e hai già vissuto negli Stati Uniti, saresti perfetto. Fiona O'Brien, una delle nostre migliori illustratrici, ha già accettato l'incarico. Anche Toby Masters, per l'ufficio stampa. Allora, cosa mi rispondi?»

Gli chiederei se esiste una domanda di riserva. Ma non mi sembra che Patrick sia dell'umore di scherzare. Sembra poco propenso anche ad accettare un no come risposta.

«Per la sede italiana, allora...» Non posso non pensarci. E non spingere Patrick a pensarci. Sono stato mandato a Milano per aiutare a sollevare le sorti di una parte fondamentale dell'azienda. Adesso mi si chiede di fondarne un'altra altrove.

«La situazione va risolta, questo è ovvio. Ma non necessariamente da te.»

Deglutisco e mi mordo le labbra. Non dovrei prenderla così sul personale. Anzi, non dovrei prenderla affatto sul personale. Si tratta di lavoro e in fondo Patrick ha ragione, io potrei essere la persona più adatta per dirigere la spedizione a New York, come la chiama lui. Dovrei sentirmi lusingato della sua fiducia nei miei confronti, non risentito. Ma il punto è che... è personale! Lo è davvero.

Mi rivedo di fronte il viso di Elena, i suoi occhi scuri, il modo in cui sa guardarmi solo lei. Sa vedermi solo lei.

«Connor?» Patrick mi richiama all'ordine. «Sono consapevole di averti colto alla sprovvista, ma quando pensi di potermi dare una risposta?»

«Io...» mi schiarisco la voce. Vorrei potergli dire la verità, anche se immagino che l'abbia già intuita. La verità è che sceglierei lei, Elena Valli. E continuerei a sceglierla di continuo, anche a sei anni di distanza, anche se lei non ha mai scelto me. Quindi dovrei dire di sì a Patrick, punto e basta. Tagliare quel filo sottile che mi unisce a Elena, una volta per tutte. Invece non ci riesco. «Ti farò sapere al più presto, Patrick. Grazie per questa occasione, grazie di aver pensato a me.»

***

Invece di rintanarmi nel mio appartamento di Rathmines sperando di riuscire a riflettere con calma sulla proposta di Patrick, giro per Dublino in cerca di risposte. Come se la città potesse leggermi dentro e stabilire cosa sia meglio per me.

Cammino come se fossi alla disperata ricerca di qualcosa, di qualcuno. In realtà sto puntando soltanto alcuni luoghi. Che sono i suoi, che sono i nostri. I suoi preferiti, quelli dove abbiamo disseminato i nostri ricordi.

Arrivo al mercatino di George's Street Arcade. Lei lo adorava, ricordo come le brillavano gli occhi quando credeva di aver trovato qualche vecchio libro che considerava "unico". E mi sembra di percepire ancora la sua essenza, qui intorno. Elena di sei anni fa, più ingenua forse, ma comunque determinata. Giro tra le bancarelle senza nemmeno degnare di uno sguardo la merce esposta. Cosa diavolo sto facendo qui? Perché non sono riuscito a rispondere subito a Patrick? È un'offerta imperdibile e so bene che non mi ricapiterà! Solo un pazzo rinuncerebbe a un'occasione del genere!

Devo smettere di perdere tempo. Mi fermo un attimo, poi decido di andarmene, di allontanarmi da qui, prendere una decisione e dare un senso alla mia esistenza, al mio futuro. Ma è proprio in questo preciso istante che lo vedo.

Un piccolo e grazioso folletto in panno, dall'espressione buffa e un po' smarrita e con grandi occhi scuri. Somiglia a lei, in un certo senso. Lo compro senza pensarci due volte anche se dubito che glielo darò mai perché lo aggiunga alla collezione che aveva deciso di iniziare sei anni fa.

Intanto però, ho una decisione più urgente da prendere. Devo dare una risposta a Patrick, non mi conviene mettere a rischio la sua pazienza anche perché non manca molto all'inizio dell'anno prossimo. Devo fare la scelta giusta e non voltarmi più indietro una volta stabilito quale sarà il mio destino.

Potrei spezzare una volta per tutte i miei legami con il passato e ricominciare. Potrei costruirmi una vita tutta nuova, tutta mia. Potrei contribuire a creare qualcosa di unico, di sensazionale. Perché comunque devo arrendermi al fatto che lei non pensa a me, non come io vorrei. E quindi, in fin dei conti, sarà del tutto inutile prolungare la sofferenza. Immaginare qualcosa che non potrà mai essere.

CAPITOLO 21

«Ma allora Babbo Natale esiste davvero!» È la reazione di Cristina al mio racconto. «Magari ci sono buone speranze anche per il Principe Azzurro! Sono sulla buona strada per tornare a credere nelle favole.»

Rido e scuoto la testa. «Io non mi illuderei troppo sul Principe Azzurro. Con Samuel Sunrise nelle vesti di Babbo Natale invece sì, direi che ci siamo.»

Illusione o meno, Connor è tornato a Milano e il giorno della festa aziendale con lo scambio dei regali si avvicina. Mi sento tranquilla, fiduciosa. Però, allo stesso tempo, comincio a percepire lo scorrere del tempo come un avversario che incombe su di me, minacciando di ferirmi, di spezzarmi il cuore.

Alessia, dal canto suo, non perde occasione per girargli intorno, come dice Cristina. Osservandola, mi rendo conto che è proprio così. È sempre stata competitiva, a livelli estremi addirittura, e per lei spingersi oltre non è mai stato un problema. Non me ne sono mai fatta un cruccio, per me la priorità è sempre stata sopravvivere, molto più che farmi notare. Però, ora… ora mi dà fastidio. E mi dà così fastidio perché è coinvolto Connor. Anche se io non ho nessun diritto su di lui, ovviamente. Le sue scelte non mi riguardano e non dovrebbero nemmeno interessarmi.

La sera prima della festa, seduta sul mio divano con una tazza di tè caldo, fisso il pacchetto per il Secret Santa che ho preparato con cura. L'ho incartato con una carta semplice ma elegante, decorata con motivi dorati di stelle e fiocchi di neve. Intanto penso alla reazione di Connor, quando si troverà il libro di Samuel davanti. Forse ho sbagliato, non avrei dovuto accettare il suo dono. Però… l'immagine di Connor, la sua espressione quando ha visto quel libro è ancora davanti ai miei occhi, nel mio cuore. Probabilmente ha toccato anche Samuel, per questo ha deciso di aiutarmi regalandomi il suo libro perché lo donassi a Connor.

Una parte di me, però, è ancora pervasa dai dubbi. Temo di complicare tutto, tra noi. Forse dovrei semplicemente lasciarlo andare, lasciare che se ne vada, che torni a casa sua senza dire e fare nulla per provare a trattenerlo.

La sera della festa arriva in un turbinio di fiocchi di neve e luci scintillanti. Dopo alcune prove inconcludenti, scelgo di indossare un abito rosso, semplice ma elegante, con qualche brillantino sul petto che richiama un po' il Natale.

Adotto un trucco delicato, leggermente più elaborato di quello che uso di solito e raccolgo i capelli in un'acconciatura morbida che mi lascia cadere alcuni boccoli sulle spalle. Alla fine, mi ritrovo di fronte allo specchio e mi osservo attentamente. Non so nemmeno io se mi sento soddisfatta del risultato. Se seguissi l'istinto, mi toglierei tutto, infilerei il mio comodo pigiama felpato e mi metterei sul divano a guardare un film. Ma non credo che l'opzione "dimentica la festa" sia contemplata. Non posso rimuovere l'ostacolo, devo affrontarlo, anche se mi sento nervosa, come se ogni passo verso quella direzione fosse un salto nel vuoto.

La sede della "Emerald Ink House" è stata trasformata per l'occasione: ghirlande di luci dorate decorano le pareti, mentre un albero di Natale imponente occupa un angolo della sala riunioni principale. Il tavolo rettangolare è stato spostato su un lato e diversi tavoli più piccoli sono stati posti al centro, coperti di tovaglie rosse e bianche, con centrotavola di agrifoglio e candele profumate alla cannella.

Appena arrivata, faccio del mio meglio per dimostrarmi tranquilla, ma bastano pochi minuti per sentire tutta la mia sicurezza sgretolarsi. Mi guardo intorno, come persa. Come se quasi non riconoscessi l'ambiente che frequento ogni giorno da anni e mi sentissi circondata da estranei. Mi stringo il cappotto al petto per proteggermi da un freddo che in realtà sento soltanto dentro di me e che non ha nulla a che fare con l'esterno. E trattengo la borsa, in cui è contenuto il regalo per Connor, come se potesse sfuggirmi di mano da un momento all'altro.

Per fortuna, Cristina mi viene incontro. Indossa un abito nero con dettagli dorati che mette in risalto le sue splendide forme. «Sei stupenda!» Commento sincera.

«Anche tu!» Mi sorride, squadrandomi dalla testa ai piedi. «Ma via, togli questo cappotto!»

«Io ho... freddo.» Me lo stringo addosso con ancora più tenacia.

«Elena, ti senti bene?» Cristina mi scruta il viso con attenzione.

«Sì, scusa. La verità è che...» sbuffo e alzo gli occhi al cielo. «Mi sento il brutto anatroccolo in un film adolescenziale, hai presente? Quella che non sa cosa fare, come muoversi, con chi parlare... e alla fine combinerà un gran casino!»

«Oddio, sei davvero inquietante!» Cristina ride, buttando indietro la testa. Mi trascina verso uno dei tavolini e mi porge un calice di vino bianco. «Bevi, che ti passano le paranoie. A proposito... il "Principe Azzurro" dagli occhi verdi è arrivato e sembra in splendida forma per la serata.»

«Grazie della preziosa informazione.» Mi ritrovo il bicchiere in mano, sorseggio appena, poi butto giù e ne prendo un altro.

«Però la nostra comune "amica" viperissima ha già cominciato a tallonarlo, senza tregua» aggiunge Cristina. «Quindi...» Si interrompe, simulando un sorrisetto un po' falso, forse per lasciare a me l'onore di terminare la frase in sospeso.

«Quindi ora fingerò un malessere e me ne tornerò dritta a casa, indosserò il mio pigiama felpato e con una bella cioccolata calda mi guarderò una commedia romantica in cui finisce tutto bene, i principi sono veramente azzurri e non ci sono colleghe stronze che fregano i regali di Secret Santa alle povere impedite come me!»

«Ottimo programma, direi!» La sua voce, alle mie spalle. Ma perché Cristina non mi ha avvisata, in qualche modo? Sgranando gli occhi o dandomi un pizzicotto. «Sarei tentato di fare lo stesso.»

Sento il cuore rimbalzare nel petto, appena me lo ritrovo di fronte. E tutto il freddo che provavo fino a un istante fa lascia il posto a un calore esagerato che mi costringe ad avvampare. Appoggio il bicchiere sul tavolo e cerco di sfilarmi il cappotto. Connor si posiziona alle mie spalle per aiutarmi, ma io mi sento più goffa e impacciata che mai.

«Grazie.» Gli sorrido quando riusciamo a ottenere il risultato.

I suoi occhi nei miei mi provocano un brivido più intenso. Indossa un completo scuro e una cravatta natalizia verde, porta i capelli all'indietro anche se un ciuffo gli ricade in modo volutamente disordinato sugli occhi, rendendo ancora più sensuale il suo sguardo. Siamo come sospesi, come se ci fossero degli affari irrisolti tra di noi. Ed è davvero così, forse. Almeno da parte mia. All'improvviso penso che vorrei davvero andarmene, fuggire via da qui. Ma vorrei che lui mi seguisse, vorrei trascinarlo con me, non importa dove. Vorrei potergli dare il mio regalo altrove, in un'altra situazione, in un luogo più intimo, più familiare. Vorrei dirgli che sono felice che sia tornato.

«Elena, io...» Stranamente sembra a disagio, anche lui. Non so cosa avrebbe voluto dirmi, perché è costretto a interrompersi quando Alessia si presenta al suo fianco, aggrappandosi al suo braccio. Indossa un abito argentato scintillante, da sirena, e la piega dei suoi capelli è più vaporosa del solito.

«Eccoti qui!» Si rivolge a lui, lanciando una breve occhiata infastidita a me e a Cristina. «Pronto per il Secret Santa? Io non vedo l'ora, lo adoro!»

Cerco di frenare l'insulto che mi sorge spontaneo sulle labbra con un colpetto di tosse. Per fortuna riesco a trattenermi. Lo sta facendo apposta, me ne accorgo dall'occhiata malefica che mi ha rivolto. Lo sta facendo apposta, sperando in una mia reazione contro di lei. Mi mordo le labbra e stringo i pugni. No, non farò il suo gioco. Non qui e non ora, per lo meno.

Nel frattempo, la sala si sta riempendo rapidamente. Ci sono proprio tutti, anche Davide che ha optato per un abbigliamento divertente, indossando un maglione natalizio e un cappello decorato con il vischio.

Chiara, da perfetta padrona di casa, ha scelto un abito verde smeraldo, probabilmente una scelta dettata dalla volontà, quest'anno più che mai, di omaggiare la "Emerald Ink House". Grande assente, invece, l'altro socio a capo della casa editrice, Alberto Giraldi. Ma, considerando il fatto che ormai si aggira davvero molto raramente per questi corridoi, la sua decisione di saltare quest'anno la festa natalizia aziendale non mi stupisce eccessivamente.

La serata, intanto, prosegue come sempre, proprio come tutti gli anni, tra brindisi, risate e la solita musica natalizia che ci perseguita ormai da settimane. Nel frattempo però, l'atmosfera si carica di aspettative, mentre si avvicina il "grande momento" del Secret Santa. Buona parte dei regali sono già posizionati sotto l'albero così, sebbene restia, sono obbligata a depositare anche il mio e ad abbandonarlo lì. Ma faccio bene attenzione a non perderlo di vista. Soprattutto, faccio attenzione che Alessia non si avventuri nelle vicinanze del mio regalo.

Tutti i partecipanti si radunano intorno all'albero per scoprire chi è stato, quest'anno, il Babbo Natale Segreto di ognuno. Ma a pochi istanti dall'inizio, avviene qualcosa di inaspettato, almeno per me. Vedo Alessia attirare Connor in disparte e… sfilare dalla borsa il suo regalo per lui. Anzi, dalle dimensioni del pacchetto, potrei anche scommettere che si tratta del *mio* regalo per lui. Il libro che mi ha sottratto con l'inganno. E quasi certamente, studiando le mie mosse e il pacchetto che ho lasciato sotto l'albero, dev'essersi convinta che io abbia trovato un altro libro per Connor, magari addirittura lo stesso. Così, da brava stratega, mi ha preceduta battendomi sul tempo.

Sto per muovermi, anzi, per fiondarmi quasi su di loro, ma Davide interviene prontamente, trattenendomi per un braccio.

«Non è il momento adatto per una scenata, piccola.» Mi afferra per entrambe le spalle, guardandomi negli occhi. Ma io cerco di sfuggirgli. Mi sento… mi sento in vena di scatenare una rissa, di prendere a botte Alessia, fregandomene anche delle conseguenze, fregandomene di tutto e di tutti.

«Lasciami andare, Davide. Lasciami andare perché io...» Scuoto la testa, appoggio le mani sul suo petto. Mi gira la vista, forse ho bevuto un po' troppo in fretta e non sono abituata. «Lui deve sapere che...»

«Elena... no!» Mi solleva il mento con un dito, fissandomi con i suoi occhi nocciola. «Capisco come ti senti, ma ci sarà un altro momento. Però non questo, perché quella iena non aspetta altro che colpirti dove fa più male.»

«Davide ha ragione.» Cristina ci raggiunge e mi circonda le spalle con un braccio. «Lei sta aspettando che tu ti esponga davanti a tutti, è questo il suo piano da quando ti ha fregato il libro. Ma tu sei più furba e non lo farai.»

«Ma... il mio regalo...» Guardo verso l'albero smarrita, cercando di individuare il mio pacchetto sperduto in mezzo agli altri, mentre Chiara sta annunciando l'inizio del Secret Santa e dello scambio dei regali. Ognuno è alla ricerca di quello che porta il proprio nome.

«Eccolo qui.» Cristina solleva l'altra mano, dove trattiene il mio pacchetto. «Troverai un momento più adatto per darglielo, Elena. Senza tutta questa gente intorno.»

«Mmh...» annuisco e abbasso il viso.

«Allora adesso proseguiamo come se niente fosse, d'accordo?» La proposta di Cristina suona assolutamente sensata e io mi ritrovo di nuovo ad annuire, come una bambina diligente.

Così ci muoviamo, imitando gli altri, alla scoperta dei nostri regali. Io ricevo, da parte di Luca, un'edizione ormai rara di *La pietra del vecchio pescatore* di Pat O'Shea, uno dei grandi classici della letteratura fantastica irlandese, un meraviglioso viaggio nel magico scenario della verde Irlanda, tra creature magiche, streghe e folletti. Ne sono felice e lo ringrazio di cuore.

Cerco di distrarmi e di proseguire come se niente fosse, come ha suggerito Cristina. Ma sto solo fingendo, ne sono consapevole.

Perché devo sentirmi così debole, così fragile? Di solito non mi comporto così. E di certo non è la prima volta che ci scambiamo regali in questo modo durante la festa di Natale.

Ma quest'anno c'è di mezzo lui, Connor Milligan. È lui a turbare tutti i miei equilibri, tutte le mie certezze. Sono i miei sentimenti per lui a sconvolgermi fino a questo punto, tanto da rischiare di perdere addirittura la ragione, il controllo.

«Grazie...» sospiro appena, rivolgendo un'occhiata a Davide e a Cristina, che si sono dimostrati più lucidi di me, impedendomi di commettere una colossale sciocchezza.

185

«Siamo qui per questo, dolcezza.» Davide sorride e mi strizza l'occhio.

Io annuisco e volto lo sguardo verso l'angolo in cui si trovavano Connor e Alessia, solo per accorgermi che sono spariti entrambi. Che il mio "Principe Azzurro" ha scelto di andarsene con la Strega Cattiva. Anche se fa un po' schifo come paragone, perché la Strega Cattiva mi è sempre stata molto più simpatica di quanto lo sia Alessia Marini.

Vorrei fare dell'umorismo, ma questa volta proprio non ci riesco. Vorrei che la splendida atmosfera natalizia non fosse soltanto una facciata, per me. Sento il cuore stringere, come in una morsa dolorosa. Fa male, fa davvero dannatamente male. Più ancora di quando ho scoperto il tradimento di Tommaso, anni fa. Vorrei evitarlo, vorrei che non fosse così. Cerco di trattenere il dolore, di impedire a me stessa di soffrire, ma non ci riesco. Avrei voglia di urlare, a questo punto, ma sono costretta a trattenermi.

Comunque sia, devo combattere. Non soltanto contro Alessia e contro di lui. Anche e soprattutto contro me stessa. Devo riuscire a superare la serata, è la cosa più importante in questo momento. Devo essere forte, consapevole del fatto che non sempre le cose vanno come vorremmo, non sempre le situazioni si evolvono a nostro favore. E io potrei essere destinata a non avere quel maledetto lieto fine che fa battere il cuore delle ragazze in ogni maledetta commedia romantica!

CAPITOLO 22

Il dono che mi ha fatto Samuel è troppo prezioso per tutto questo.

È ciò che ho pensato fin dal principio, del resto. Non troppo prezioso per Connor. Anzi, sarebbe stato perfetto, per lui.

Non so se ci sarà mai l'occasione adatta. Forse dovrei semplicemente crearla. Sospiro e guardo il mio pacchetto, ben incartato, che è tornato a casa con me dopo la festa. Per fortuna Davide e Cristina mi hanno accompagnata, subito dopo un brindisi e uno scambio di regali decisamente confusionario. Cris ha avuto la gentilezza di passare la notte da me, per non lasciarmi sola.

«Grazie ancora» sussurro la mattina dopo, mentre facciamo colazione sul divano con una ciotola di latte e cereali. «Mi dispiace che abbiate dovuto lasciare la festa così presto a causa mia.»

«Non ci pensare nemmeno. Fosse per me, sarei andata via anche prima. Sai che non vado pazza per il Natale!» Cristina si stringe nelle spalle, so che sta esagerando per non farmi pesare il fatto di aver mollato tutto a causa mia.

«Se tu e Davide non mi aveste fermata, avrei combinato un gran casino» ammetto, desolata.

«Non so cosa mi sia preso, di solito non sono
così.»

«Forse, in un certo senso, sarebbe stato
meglio.» Cristina appoggia la tazza sul tavolino e
incrocia le braccia al petto, pensierosa. «Voglio
dire… escludendo il luogo e il momento,
completamente sbagliati entrambi, e il fatto che
Alessia abbia creato tutto appositamente per
provocare una tua reazione… tu devi parlare con
Connor. Devi chiarire, anche a costo di
combinare davvero un gran casino! Questo
"affare in sospeso" tra di voi…»

«Il problema è che io credo che lui non lo veda
affatto come un "affare in sospeso".» Sospiro e
scuoto la testa. «Per lui, evidentemente, è una
storia finita ancora prima di iniziare. Qualcosa
che non ha funzionato e che si può
semplicemente… oltrepassare, dimenticare…»

«Questa è la tua opinione, non la sua.» Cristina
ha ragione e io lo so. Razionalmente direi la
stessa cosa se mi trovassi al posto suo. Però lei
non l'ha vissuta.

«Cris, io l'ho lasciato, l'ho respinto quando
lui… No, forse non è stato proprio così, però me
ne sono andata e…»

«Lo so, Elena. Mi hai spiegato.» Cristina
sbuffa e alza gli occhi al cielo. «Lo hai
abbandonato in Irlanda perché ti sei sentita in

colpa nei confronti del tuo ex stronzo e traditore. E pensi che lui non ti abbia perdonata.»

«Non è stato solo questo. Dentro di me...» Mi appoggio una mano sulla fronte, mi sembra quasi di avere la febbre. «Dentro di me avevo paura, paura che non funzionasse. Paura di legarmi eccessivamente a lui, di innamorami... troppo. Con Tommaso, invece, mi era sempre andata bene, perché nulla con lui era... troppo. Ai miei genitori piaceva e io mi ero abituata a lui, ai suoi gesti, alle sue parole... a tutto quanto.»

Cristina sospira e mi accarezza i capelli con dolcezza, restando in silenzio.

«Con Tommaso ero solo una ragazza qualunque, che aveva una storia qualunque che avrebbe portato a una relazione stabile, forse al matrimonio e a tutto il resto...» Chiudo gli occhi. All'improvviso mi sembra di non stare più tanto male. Non sono nemmeno triste e non provo più alcuna voglia di piangere, solo di affrontare la realtà per quella che è o per quella che è diventata. «Connor ha sconvolto il mio mondo, la mia vita. Il mio modo di essere, il mio cuore. Quando sono tornata in Italia, la mia anima era già spezzata, prima ancora di scoprire che Tommaso mi aveva lasciata. Anzi, forse, alla fine, mi ha fatto un favore, almeno mi ha evitato di essere costretta a fingere.»

«Torniamo al punto in cui io ti dico che devi parlare con Connor e tu continui a perdere del tempo prezioso immaginando che lui...»

«Lui è sparito con Alessia. Non me lo sono immaginata.» Interrompo Cristina. Ecco la realtà. Quella che è diventata la realtà, da ieri sera. «E questa non è solo una mia opinione, ma un dato di fatto. Quindi... forse gli parlerò, oppure lascerò le cose così come stanno. Una cosa è certa, Cris. Non permetterò più a nessuno di farmi sentire come mi sono sentita ieri sera e in questi ultimi giorni. Nemmeno ad Alessia. Nemmeno a Connor.»

***

Però, se si tratta del mio lavoro, la situazione cambia radicalmente. Per quanto determinata a combattere, corro davvero il rischio di affondare ed essere schiacciata nel corso di una battaglia persa in partenza.

Il lunedì mattina, la sede della casa editrice appare un po' meno scintillante, ma le decorazioni natalizie ora sparse per tutto l'ambiente infondono un tocco di calore. Tuttavia, l'aria è tesa. E non si tratta soltanto di una mia impressione.

Le voci sui possibili tagli al personale, dopo un periodo di momentanea tregua, sono tornate a farsi insistenti e io inizio a sentire l'ansia crescere come una morsa al centro del petto. Sono consapevole che ciò che ho fatto per convincere e trattenere Samuel Sunrise tra gli autori della "Emerald" non mi salverà, non garantirà il mio posto all'interno della casa editrice.

Evidentemente la questione era solo rinviata. E probabilmente lo sarà fino all'anno nuovo, visto che ormai mancano soltanto pochi giorni. Faranno passare Natale, Capodanno, tutte le feste, e poi... e poi lasceranno andare coloro di cui non hanno più bisogno. È già accaduto una volta, quattro anni fa. Anche se la situazione non mi era apparsa così dirompente, la "Emerald" era stata costretta a chiudere alcune collane di scarso successo e ai relativi curatori era stato affidato altro, almeno temporaneamente. Non erano stati mandati via, però il loro lavoro era stato notevolmente ridimensionato, in modo da convincerli a cercare altrove.

Ma questa volta... questa volta ho la netta sensazione che non sia proprio così. E non posso fare a meno di pensare che Connor Milligan abbia qualcosa a che fare con tutto questo, anche se non credo che sia qui per fare una scelta tra chi è destinato a restare e chi ad andarsene. Nonostante i miei sentimenti, ora contraddditori, nei suoi confronti, ho sbagliato ad accusarlo. Il fatto che abbia scelto di stare con Alessia non mi condizionerà contro di lui. Oltretutto non mi è ancora capitato di incrociare nessuno dei due, nel corso della giornata.

«Si dice che Chiara abbia cominciato a stilare una lista.» Sandra, durante la nostra pausa caffè di metà mattina, non sembra molto positiva in proposito. Sbuffa e si accarezza nervosamente i codini bassi, in cui solitamente raccoglie i capelli. «Io ho iniziato già da un po' a guardarmi intorno. Sto accettando dei lavori come freelance, anche se non sono pagati granché a dire il vero. E mi dispiacerebbe davvero tanto lasciare la "Emerald".»

Certo, con il suo lavoro di traduttrice e interprete, è il meglio che possa fare. Anche perché, da quanto mi ha spiegato, il suo contratto con la "Emerald" non è così esclusivo e stringente, anche se in questi ultimi anni ha impiegato buona parte del suo tempo e delle sue preferenze.

Forse dovrei iniziare a fare lo stesso.

«Io non so quanto sia vero.» Cristina cerca di mostrarsi un po' più positiva. «Ci stiamo impegnando tutti, stiamo dando il massimo ultimamente, seguendo tutte le uscite, convogliando le nostre energie su ogni iniziativa della casa editrice. Non credo che manderà davvero via qualcuno, insomma. A meno che...»

A meno che? Non ci voglio pensare. Anzi, sto tentando di rimuovere e debellare il pensiero dalla mente, con tutte le mie forze.

Però, nonostante la mia situazione di profonda crisi personale e sentimentale nel corso della festa, non ho potuto fare a meno di notare la plateale assenza di Alberto Giraldi. Cosa che di certo avranno notato anche gli altri. Assenza che letteralmente "urla" il suo totale menefreghismo nei confronti delle sorti della "Emerald Ink House". Tanto che Chiara non si è nemmeno sentita in dovere di giustificarlo. Ha semplicemente ignorato la sua assenza.

Quindi... A meno che non decidano di chiudere completamente? È questo che Cristina non osa esprimere ad alta voce?

Apro appena la bocca per dire qualcosa, ma poi cambio idea. Rimuovere il pensiero non cambierà la situazione, ma per lo meno possiamo continuare a illuderci, almeno per un po'.

«Non ci voglio pensare.» Allontano il mio bicchiere di cioccolata, pieno ancora per metà.

«Non pensarci non cambierà le cose, Elena.» Mi riprende Sandra. «Io continuo a sperare che la situazione migliori, ma è un dato di fatto che la sezione italiana della "Emerald" è... come si può definire, l'anello debole della catena.»

L'anello debole della catena? Noi siamo l'anello debole della catena, quindi, perché la sezione italiana della casa editrice è composta da noi.

Non so come replicare. E, questa volta, anche Cristina è rimasta senza parole.

Per fortuna, la tensione viene parzialmente smorzata dall'arrivo di Davide, che ci raggiunge al nostro tavolino della sala relax.

«Buon pomeriggio, dolcezze!» Ci saluta con un entusiasmo forse un po' esagerato. «Cosa si racconta di bello?»

«Di bello non molto.» Cristina smorza subito il suo entusiasmo e riprende a sorseggiare il suo cappuccino.

«Non molto è un eufemismo» sospiro e mi dedico a ciò che è rimasto della mia cioccolata.

«Mmh... ho capito, sono arrivato in un brutto momento.» Davide ci rivolge uno sguardo da povero cucciolo demoralizzato, cosa che gli riesce abbastanza bene, devo ammettere. «Comunque, programmi per le giornate prenatalizie?»

«Shopping selvaggio» replica Cristina.

«Prove di cucina» commenta Sandra, lanciandogli un'occhiata audace e ammiccante. «Se ti vai sei invitato, Davide.»

«Grazie, cara, accetto con piacere!» Davide sorride strizzandole l'occhio. «Anche se sarò piuttosto impegnato con le bozze delle nuove copertine, a quanto pare. E mi toccherà pure collaborare con un'illustratrice irlandese per tirare fuori qualcosa di buono! Ordine della grande capa Chiara Anselmi.»

«Che meraviglia…» Cerco di dimostrare un minimo d'entusiasmo, senza riuscirci granché.

«E tu, Elena? Cosa farai in questi giorni?» Mi chiede Davide, rigirando la sedia e appoggiando entrambi i gomiti al tavolino.

«Già…» Si informa Cristina. «Quando arriveranno i tuoi?»

«I miei…» Sgrano gli occhi e mi porto una mano sulla fronte. «Oddio, i miei!»

CAPITOLO 23

Tra il Secret Santa, le visite a Samuel Sunrise, la festa aziendale, la preoccupazione per il mio lavoro e per la casa editrice, senza contare la situazione con Connor, il tempo è come se si fosse bloccato nella mia mente. Insomma, ho perso completamente la cognizione dello scorrere dei giorni. E anche se i miei genitori mi hanno chiamata a metà della scorsa settimana per mettermi al corrente sul giorno del loro arrivo, è come se, nella mia testa, ci fosse ancora molto tempo, e molte cose da fare e da sistemare, prima della loro partenza per raggiungere Milano.

Ora mi rendo conto che non è così. E mi rendo anche conto che, tutto sommato, forse sarebbe stato meglio per me tornare a Rimini, come ogni anno. Almeno, cambiando ambiente, forse mi sarei lasciata scivolare un po' di tensione di dosso.

Ma ormai è decisamente troppo tardi per modificare i programmi.

«Quando arriveranno di preciso, Elena?» si informa Cristina.

«Nel tardo pomeriggio» sospiro, alzando gli occhi al cielo. «E io ho ancora una montagna di lavoro da smaltire e regali da comprare. Senza contare che...»

Che i miei si aspettano di conoscere qualcuno, come mi ha ricordato vivamente mia madre. Un amico, uno pseudo-fidanzato. O qualcosa di vagamente simile.

«Non hai nessuno da presentare» conclude Cristina al mio posto.

«Nessuno di presentabile, più che altro» replico, demoralizzata.

«Ci sono delle agenzie, per questo!» sorride Sandra, attirandosi gli sguardi di Cristina e Davide. «Come nelle commedie romantiche, magari fai ancora in tempo! E magari incontrerai qualcuno davvero speciale... avete visto *The Wedding Date*? Io adoro quel film!»

«Già... peccato che questa non sia una commedia romantica!» Smorzo subito l'entusiasmo di tutti sul nascere. «Con la fortuna che mi ritrovo, come minimo incontrerò uno psicopatico o un serial killer.»

«Io mi presto volentieri» ridacchia Davide. «Anche se non sono del tutto certo di essere presentabile. Però non sono uno psicopatico e nemmeno un serial killer, giuro!»

«Davide, ti ringrazio della gentile offerta, ma ti ricordo che i miei già di conoscono da qualche anno.» Rido e scuoto la testa, iniziando a giocare con il mio bicchierino vuoto. «Sanno benissimo che siamo solo amici.»

Davide, ride anche più forte e mi prende la mano, portandosela alle labbra. «Tesoro mio, dimentichi che dall'amicizia possono nascere tante cose! Vogliamo sfidare il destino? La magia del Natale? La scintilla che scocca nel momento più inaspettato? Tutti i cliché delle commedie romantiche che voi ragazze amate tanto?»

Il momento sarebbe divertente, soprattutto per la teatralità messa in scena e per l'interpretazione da Oscar di Davide. Se non fosse che, come il destino che il mio amico mi ha appena proposto di sfidare, proprio in questo preciso momento Connor oltrepassa il nostro tavolo, ignorandoci completamente.

Ottimo, non potevo chiedere di meglio! Come tempismo siamo proprio in sintonia. Anche se, tutto sommato, cosa mai potrebbe interessare a lui? E a me cosa importa di ciò che pensa Connor Milligan? Se n'è andato con Alessia nel bel mezzo della festa aziendale! Non posso e non devo dimenticarlo.

Mi mordo le labbra, seguendo la sua figura che si allontana verso la macchina del caffè. Mi sforzo di distogliere lo sguardo e mi alzo. Ho troppe cose a cui pensare, compreso l'arrivo dei miei genitori nel tardo pomeriggio. Per fortuna sanno già dove andare, hanno l'indirizzo e le chiavi della casa di Rita e dalla stazione prenderanno un taxi che li porterà a destinazione. Poi, in serata mi raggiungeranno a casa mia per cena. Almeno, prima della festa aziendale, mi ero già organizzata su cosa preparare grazie ad alcune ricette che mi ha passato Sandra.

«Detesto tradirvi, ma devo tornare dal mio amato computer.» Cerco una giustificazione plausibile per non fuggire di corsa come se avessi appena visto il diavolo. «Ho un progetto da concludere entro questo pomeriggio.»

Non è del tutto una scusa, anzi non lo è affatto. Chiara mi ha proposto di provare a scrivere un piano dettagliato per un progetto di marketing che potrebbe vedere la luce tra Natale e l'anno nuovo, qualcosa che dovrebbe portare un'ondata di energia positiva per la casa editrice in modo da raggiungere nuovi potenziali lettori. È improbabile che lo useranno davvero, si tratta più che altro di una sfida. Forse, in realtà, si tratta proprio di questo: un esame, un test. Per capire se valga la pena trattenermi oppure sia meglio lasciarmi andare. Non voglio prenderla così, però... dopo la conversazione con Sandra e Cristina mi sembra evidente che la situazione si stia facendo sempre più complessa e per me ormai è vitale chiarirmi le idee, una volta per tutte, per sperare di ritrovare la lucidità necessaria e riuscire a dimostrare il mio valore.

Le ragazze annuiscono comprensive, mentre Davide cerca di alleviare, in qualche modo, uno dei miei piccoli drammi esistenziali.

«Certo, piccola, vai pure.» Mi sorride, sollevando la mano in cenno di saluto. «E per la questione genitori... se cambi idea, io sono disponibile. Sono bravo come finto fidanzato, mettimi alla prova!»

CAPITOLO 24

La tentazione di accettare la proposta di Davide è davvero enorme, a questo punto. Non che voglia imbrogliare i miei, ma... ho bisogno di un amico. Ho bisogno di qualcuno su cui sfogare tutte le mie paturnie. Anche una spalla su cui piangere andrebbe benissimo. E, in questo ruolo, Davide è davvero perfetto, lo so.

Un paio d'ore più tardi sospiro, prendo il cellulare e gli mando un rapido messaggio.

"E va bene, Davide. Ti prenoto per stasera, okay?"

Qualche minuto più tardi mi risponde.

"D'accordo! Finto fidanzato agli ordini! Ci vediamo da te."

Gli invio un altro messaggio per metterci d'accordo sui dettagli della cena, sull'ora e anche sul ruolo che dovrà interpretare. I miei lo capiranno all'istante che tra me e Davide non c'è proprio nulla dal punto di vista sentimentale. E potrei benissimo confessare di non avere nessun amico speciale o fidanzato, come ho ribadito al telefono l'ultima volta che ne abbiamo parlato. Ma la verità è un'altra. La verità è che sono io ad aver bisogno del sostegno di qualcuno. Qualcuno che mi aiuti a intrattenerli mentre il mio cuore va in pezzi. Mentre io continuo a pensare, incessantemente, a Connor e mi sento sprofondare in un vortice di solitudine e amarezza. E Davide è la persona più indicata per questo compito, visto che sa esattamente come mi sento, oltre a possedere l'innato talento di piacere praticamente a tutti, con il suo temperamento allegro e ottimista.

Sospiro e ripongo il cellulare. Torno a concentrarmi sul lavoro che mi è stato assegnato anche se un senso di sfinitezza sta prendendo sempre più possesso della mia mente e delle mie ossa. Tra due giorni sarà Natale. Poi inizierà un nuovo anno in cui io non saprò cosa ne sarà di me, del mio futuro. Queste giornate sono state intense ma sono volate vie, riportandomi indietro e, allo stesso tempo, lasciandomi in sospeso tra passato e presente.

Chiudo gli occhi e mi appoggio con la schiena alla mia sedia. Forse il destino mi ha offerto una seconda occasione per essere felice e io non sono riuscita a sfruttarla. O magari non ne valeva proprio la pena, nemmeno la prima volta.

Comunque sia, io andrò avanti. Ho il mio lavoro, forse ancora per poco, ma è l'unica cosa a cui voglio e posso aggrapparmi. Riapro gli occhi e riporto la completa attenzione sullo schermo del mio computer. Ho ancora molto da dare a questa casa editrice. Posso ancora dimostrare le mie capacità, il mio talento.

Per quanto forse avesse già fatto la sua scelta prima di incontrarci, ho contribuito a convincere Samuel Sunrise a restare con la "Emerald" e a firmare altri contratti. Devo smettere di sottovalutarmi. Avrò perso tutto il resto, la mia vita sentimentale sarà anche un disastro e non riuscirò mai a riconquistare l'uomo che vorrei. Ma per quanto riguarda il mio lavoro non ho intenzione di cedere, di rassegnarmi. E non mi rassegnerò!

**

Una volta uscita dal lavoro, mi dirigo immediatamente verso casa. Ho giusto il tempo di sistemare un po', decorare il salotto con qualche luce natalizia, appendere una piccola ghirlanda sulla porta e apparecchiare la tavola prima che i miei mi raggiungano. Sanno che non sono un genio in cucina, quindi non si aspettano nulla di eccezionale. Il mio alberello di Natale è un po' trascurato, ma sempre meglio di niente. Nel frattempo, mi hanno chiamata per informarmi che il viaggio è andato bene e si sono comodamente sistemati a casa di Rita.

Perfetto, tutto sta procedendo nel migliore dei modi. So che posso fidarmi di Davide, quindi la serata si prospetta abbastanza pacifica e tranquilla. Gli mando un messaggio, giusto per avvisarlo.

"Puoi raggiungermi quando vuoi, i miei saranno qui a momenti."

Solo un paio di minuti più tardi, sento squillare il citofono. Sono loro.

Li accolgo sulla porta e li lascio entrare nel mio piccolo, e un po' disordinato, regno.

«Hai l'aria troppo stanca, per i miei gusti» sospira mia madre. «E mi sembri anche dimagrita. Mangi abbastanza?»

«Lucia, non iniziare a stressarla, siamo appena arrivati!» Mio padre la riprende all'istante, guadagnandosi un'occhiataccia da parte della mamma.

«Ma Giorgio, non vedi che è dimagrita?»

«Secondo me no, è sempre la stessa.»

«Sì, mamma, mangio abbastanza. E purtroppo la vita è stata un po' frenetica in queste ultime settimane, con il lavoro.»

Nonostante il viaggio, i miei sembrano freschi e rilassati, buon per loro. Mia madre dimostra sempre la solita energia, con i suoi capelli castani raccolti e un sorriso che illumina la stanza. Mio padre, invece, è decisamente più tranquillo e taciturno, ma al suo sguardo attento non sfugge mai nulla. Suppongo che, in questo momento, sia già partito con la sua metodica analisi della situazione, anche se evita ancora di esprimere un giudizio.

«Comunque, tesoro. Questo appartamento è davvero adorabile!» La mamma si guarda intorno, soffermandosi sulla disposizione dei mobili e sulla mia collezione di fatine e folletti che, dalla mia stanza, ho spostato quasi tutta nell'atrio e in soggiorno, giusto per arricchirli un po' e creare l'atmosfera natalizia. «Meglio di quanto ricordassi, l'hai sistemato proprio bene.»

«Sì, in qualche modo...» Dallo sguardo allusivo che mi lancia, capisco dove vorrebbe dirigere la conversazione. Mi sta chiedendo, implicitamente, se il mio piccolo appartamento è frequentato anche da una determinata presenza maschile. Decido di spezzare subito ogni illusione. «Cristina mi ha aiutata. E anche Davide.»

«Mmh... ma Davide...»

«Il cugino di Cristina, ve lo ricordate, vero?» Taglio subito la domanda sul nascere.

Annuiscono entrambi ma nessuno dei due osa esprimersi. Lo ricordano. E ora probabilmente si stanno davvero chiedendo se ho approfondito l'amicizia con quel simpatico ragazzo portandola su un altro livello. Inutile sbilanciarmi, a breve lui sarà qui e ne avranno la conferma. Anzi, la smentita. Perché, per quanto vorrei compiacerli, dubito di essere in grado di fingere sentimenti che non provo.

Mentre cerco di farli accomodare, controllo rapidamente il cellulare. Davide non mi ha ancora risposto. Potrebbe aver avuto un impegno imprevisto. Accidenti però, avrebbe potuto dirmelo prima, ho apparecchiato per quattro.

«Aspettiamo qualcuno?» Alla mamma non sfugge, ovviamente.

«Mmh... sì, però...» Mi mordo le labbra. «Voi sedetevi pure a tavola, intanto. Vado a buttare la pasta.»

«Ti possiamo aiutare, tesoro.» La mamma mi segue verso la cucina. Papà invece mi scruta con espressione un po' perplessa.

Nel giro di qualche minuto scopriranno che il mio ospite presunto finto fidanzato mi ha dato buca. E scaveranno a fondo nel mio fragile equilibrio personale e professionale. Spero solo che il tradimento di Tommaso non torni alla ribalta per l'ennesima volta, dopo cinque anni. Ho la sensazione che imputino a lui la responsabilità della mia disastrosa vita sentimentale.

Proprio nel momento in cui sono quasi rassegnata al mio destino per la serata, il campanello della mia porta squilla, facendomi sobbalzare. Probabilmente ha trovato il cancelletto d'ingresso dell'edificio già aperto.

Davide, grazie al cielo! Il mio amico-angelo custode che arriva a salvarmi!

Mi avvio verso l'ingresso, con un sorriso stampato sulle labbra, pronta ad accoglierlo e ad abbracciarlo con tutta la gratitudine possibile per essersi prestato a questa piccola farsa solo per aiutarmi. Invece ciò che provo, una volta spalancata la porta, è una sensazione di gelo che mi avvolge e mi percorre da capo a piedi. Perché la persona che mi trovo di fronte, oltre la soglia, non è affatto chi mi aspetto. E non mi spiego come questo sia possibile. Forse non voglio nemmeno saperlo. Sta di fatto che la mia speranza di una cena pacifica e tranquilla sta lentamente e inesorabilmente naufragando. Non so nemmeno io se ci sarà e cosa diventerà. Ma la parola che, in questo momento, mi risuona nella mente è soltanto una: disastro.

CAPITOLO 25

Connor

La sua espressione ora è tutta un programma. Ma io la trovo adorabile e non mi sarei aspettato nulla di diverso. Anche se Elena Valli è sempre accompagnata da una buona dose di imprevedibilità.

Mentre percorrevo la strada per raggiungere il suo appartamento, ho ripassato mentalmente le mie ultime decisioni e infine il curioso imprevisto che mi ha portato da lei, questa sera.

Qualunque sia stata la mia scelta riguardo al mio futuro lavorativo, ho preso un impegno e lo porterò a termine. Questo ho chiarito con Patrick. Anche perché detesto lasciare le cose a metà.

Trascorrerò le feste di Natale in Italia, ho già spiegato la questione a mia madre in Australia e a mio padre a Galway. Andrò a trovarli in un altro momento. Voglio contribuire a salvare questa azienda, fare del mio meglio per quanto mi è possibile.

Si era fatto già tardi, alla "Emerald", ma non avevo nessuna voglia di tornare nel mio appartamento deserto in Piazza Castello e di sentirmi ancora più solo. Preferivo restare e tentare di farmi venire qualche idea geniale.

Così, mi sono avviato verso la sala relax, in cerca di un caffè che mi rimettesse in sesto. Prima ancora di oltrepassare la porta e di scorgere la loro presenza, ho percepito le voci di Davide e di Fiona, l'illustratrice arrivata dall'Irlanda solo qualche giorno fa. Stavano ridendo, confabulando, come se tra loro si fosse creata una grande sintonia. Ho deciso di ignorarli, come se non ci fossero. Non mi andava di indagare, ma la scena a cui avevo assistito nel pomeriggio, tra Elena e Davide, mi aveva urtato il sistema nervoso. Mi sono dovuto trattenere per non esplodere. Vederlo provarci con lei in quel modo così sfrontato... cazzo!

Per quanto siano soltanto amici, per me è stato insopportabile scorgere quell'intesa tra loro. E poi... anche Elena e io, inizialmente, eravamo più o meno amici. No, balle! Amici non lo siamo mai stati davvero, ma...

«Ehi! Connor!»

Avrei davvero preferito continuare a ignorarli ma Davide mi ha chiamato e anche Fiona mi ha fatto segno di raggiungerli. Dopo aver estratto il mio caffè dalla macchinetta, mi sono rassegnato avviandomi verso il tavolo occupato da loro e da alcune immagini su cui stavano discutendo e lavorando.

«Anche voi ancora qui?» Non mi interessava saperlo davvero, mi sono solo aggrappato a qualcosa da dire, per non mostrarmi apertamente troppo incazzato e stizzito.

«Sì, abbiamo un po' di lavoro da portare avanti e ne stiamo approfittando.» Ha confermato Fiona anche se, dallo sguardo che rivolgeva a Davide, ho avuto la netta sensazione che ci sarebbe stato altro che avrebbe voluto portare avanti insieme a lui.

«Proprio così!» ha ribadito Davide. «Tanto, tantissimo lavoro. E in merito a questo... ci sarebbe un favore urgente che dovrei chiederti. Sempre che tu sia disponibile e ne abbia voglia.»

«Certo, dimmi pure.» Ho annuito, stringendomi nelle spalle. Non ne avevo nessuna voglia, in realtà, ma non potevo negare un favore a un collega. «Se posso aiutare...»

«Perfetto, siediti qui con noi. Ora ti racconto tutto.»

CAPITOLO 26

«Cosa ci fai tu qui?»

Riesco a chiedere prima che i miei genitori si avvicinino alla porta, incuriositi. Ma perché il mio appartamento doveva essere così piccolo? Non potevano essere più distanti.

«Posso entrare?»

«Ma sì, ovvio!» Mi sposto per lasciarlo passare. «Entra pure!»

Il mio cuore sta ballando la break-dance, in questo momento. Ne sono certa, anche se sono una frana in quel tipo di danza. La mia seconda certezza è che, se il pensiero potesse uccidere, Connor Milligan sarebbe un uomo morto. Qui e ora.

«Buonasera!» Connor saluta i miei genitori, con lo sguardo sereno di uno che sa esattamente cosa sta facendo. E perché si trova qui, soprattutto.

«Ehm... sì... ecco...» Accidenti! Mi sembra un incubo! Ma nelle commedie romantiche succedono queste cose? Non ricordo! Si è presentato il finto fidanzato sbagliato, dannazione! E poi... sarà qui davvero per questo? Un attimo... come ha fatto a sapere dove abito?

Avrà cercato tra i documenti della "Emerald"?
Non ci posso pensare adesso! «Mamma, papà...
lui è Connor, il mio... voglio dire, un mio...»

«Piacere!» Connor stringe la mano ai miei e le
loro voci sovrastano i miei tentennamenti. «Lieto
di conoscervi.»

Intanto, in qualche modo riesco a spingere i
miei genitori verso la tavola apparecchiata e
Connor verso il piccolo corridoio dove tengo
l'attaccapanni, con la scusa di appendere il suo
cappotto.

«Si può sapere cosa...» Mi manca il fiato, ma
cerco di riprendermi. «Cosa ci fai tu qui?
Insomma, io...»

«Tu aspettavi Davide, lo so. Mi ha spiegato la
situazione. Ma purtroppo ha avuto un
contrattempo in casa editrice, un lavoro urgente.
Così, ha mandato me.»

«Oh, cazzo!» L'esclamazione mi esce
spontanea mentre mi porto una mano sulla fronte.

Perché Davide mi ha combinato uno scherzo
del genere? Non poteva semplicemente
mandarmi un messaggio per dirmi che non
sarebbe venuto? Altro che amico! Io lo uccido!

«Che problema c'è?» Connor mi punta
addosso gli occhi verdi, con un'aria ingenua che
io fatico a tollerare in questo momento. «Sono qui
per aiutarti.»

«Il problema è che i miei genitori conoscono Davide e sanno che tra noi non c'è...» Stringo i pugni, mi mordo le labbra. «Insomma...»

«Okay. Allora forse sono meglio io in questo caso, no?»

No. Non è meglio. Non è affatto meglio. Ma ovviamente non posso spiegare qualcosa di così semplice e per me basilare a chi si ostina a non capire. Ma del resto... come potrebbe capire?

Lo vedo aggrottare la fronte, poi rilassare il viso fissando un punto oltre la mia testa, con aria quasi intenerita.

«L'hai tenuto...»

Mi volto e lo vedo. Si riferisce al folletto irlandese che mi ha regalato sei anni fa e che si trova sulla prima mensola che porta verso il soggiorno.

«Sì, ovvio che l'ho tenuto! È da lui che ho iniziato la mia collezione.»

Non mi posso perdere sul viale dei ricordi, però. Devo focalizzare la mia attenzione su quanto sta per succedere questa sera. Intanto continuo a chiedermi perché mai Davide mi abbia fatto una cosa del genere. E non riesco a trovare una risposta. Anzi, sì. In realtà la trovo, ma non mi è d'aiuto. Forse pensava addirittura di farmi un favore, mettendomi di fronte al fatto compiuto. Sarebbe molto da lui, lo so!

«Va bene, Connor...» No, non va bene. Ma sono a corto di alternative valide che non siano la verità. E la verità non sarei proprio in grado di gestirla, adesso. Né con lui né con i miei genitori. Poi il colpo di genio arriva, fulmineo. «Facciamo così! Qualsiasi cosa ti dicano, tu sorridi e annuisci. Fai finta di capire poco l'italiano. Tanto sei straniero!»

All'improvviso mi guarda serio, quasi offeso per la mia trovata. Ma un istante dopo noto che si sta trattenendo per non ridermi in faccia.

«Tu sei fantastica, davvero!»

«No ti sbagli, io sono un disastro.»

«Questo è vero, ma riesci sempre a sorprendermi, a disarmarmi.» Così dicendo, avvicina il viso al mio. «Ed è questo il bello di te. È questo che mi fa impazzire.»

***

Non so bene come, ma in qualche modo la serata non è stata una totale catastrofe. Anzi, se devo essere sincera, non è stata affatto male.

Connor è riuscito ad essere piacevole e anche divertente, molto più spontaneo di quanto immaginassi. Anzi, a dirla tutta è stato incredibilmente naturale. Per obbedirmi, ha forzato un po' il suo accento inglese, suscitando volontariamente qualche piccolo fraintendimento sulla natura del nostro rapporto. Però, a differenza mia, è riuscito a mantenere il controllo, dimostrando una sicurezza invidiabile, parlando un po' di tutto e di niente. Del tempo, del lavoro, dell'Irlanda, di Milano...

In pratica, siamo colleghi, amici e forse qualcosa di più. Ma è troppo presto per dare una definizione a quello che c'è tra noi. Ovviamente abbiamo entrambi completamente omesso il fatto di esserci già conosciuti precedentemente a Dublino.

Mia madre è rimasta quasi incantata, da lui. «Ma che bel ragazzo!» Ha espresso la sua opinione, prendendomi in disparte con la scusa di aiutarmi a sparecchiare. «E resterà qui a Milano, vero?»

«Sì, credo di sì.»

Non credo proprio niente, invece. Probabilmente se ne tornerà in Irlanda tra qualche giorno, magari anche domani. E se resterà, non sarà di certo per me!

Cerco di non approfondire la conversazione, tornando in soggiorno, dove Connor sta parlando con papà di squadre calcistiche e campionati. Argomento fantastico, che distoglie l'attenzione dal nostro rapporto privato e da discorsi che potrebbero diventare troppo imbarazzanti.

Per fortuna la mia pasta ai gamberetti e il pollo al rosmarino con patate che ho cucinato seguendo la ricetta di Sandra non sono stati un totale disastro. Sono riuscita a non bruciare nulla, per lo meno, e come dessert ho preso il tiramisù confezionato e il solito tradizionale panettone.

Adesso però mi sento stanchissima. E non mi spiego come i miei genitori possano essere così freschi e vivaci dopo un viaggio di ore e come Connor riesca a fingere così bene sentendosi a suo agio, visto che è stato incastrato da Davide all'ultimo minuto in questa ridicola messa in scena.

«Lavorerete anche domani?» Chiede papà, passando lo sguardo da Connor a me che sono appena tornata in soggiorno insieme alla mamma.

«Sì!» annuisco con veemenza. «Anzi, adesso dovrei terminare un progetto da consegnare in mattinata.»

«Ecco, lo sapevo che lavori troppo!» La mamma si riaggancia allo stesso discorso di quando era appena entrata in casa. «Per questo hai l'aria così stanca!»

«Forse è vero, ma il periodo natalizio è uno dei più importanti.» Rispondo a caso, sono veramente sfinita ma a dire il vero c'entra poco il lavoro in questo momento.

«Purtroppo è stato un mese complicato, per noi» aggiunge Connor, con espressione vagamente rassegnata. Le parole che ha appena pronunciato sono più veritiere che mai, per quando riguarda me, almeno. Forse lui non si rende nemmeno conto di quanto la sua presenza abbia cambiato la mia vita, recentemente. «Ma Elena è fantastica nel suo lavoro e ha un modo davvero unico di far sentire le persone speciali. È riuscita a portare alla "Emerald" uno degli autori più importanti, con tutti i suoi romanzi. Un vero successo!»

Gli lancio un'occhiata un po' confusa. Suppongo che si riferisca a Samuel Sunrise. Anche se in realtà alla "Emerald" lui ci era già arrivato da solo o comunque non grazie a me.

«Ma davvero?» Mia madre mi guarda euforica, io mi limito ad annuire in imbarazzo. Non posso di certo smentire le parole del mio finto amico-fidanzato-collega...

«Che brava!» Anche mio padre è entusiasta del mio trionfo.

«Sì, Elena mette davvero il cuore nel suo lavoro, in tutto quello che fa.» Connor non demorde, questa sera la sua missione sembra proprio quella di intessere le mie lodi. Ma perché percepisco un doppio senso? Forse sono troppo prevenuta nei suoi confronti. «E questo si vede e si sente.»

Ricevo ulteriori complimenti dai miei genitori che, a questo punto, si rendono conto che si sta facendo tardi e decidono di avviarsi verso la casa di Rita per poter finalmente riposare un po'. Dopo qualche scambio di convenevoli con Connor se ne vanno e io resto da sola con lui.

All'improvviso, tutto ciò che avrei voluto dirgli o rimproveragli, resta bloccato tra la mia testa e la mia gola, come se le parole non volessero proprio saperne di uscire.

Vorrei soltanto andarmi a stendere sul divano, chiudere gli occhi e dimenticare tutto, anche la sua presenza in casa mia. Soprattutto la sua presenza in casa mia. Invece resto in piedi, a fissare la porta ormai chiusa da cui i miei genitori sono appena usciti.

«Beh, non mi sembra sia andata poi così male.» La voce di Connor mi richiama alla realtà.

Mi volto verso di lui, con un sospiro, ma resto in silenzio.

«Tenendo conto che non ci siamo nemmeno preparati...» prosegue lui, inclinando il viso per incontrare il mio sguardo.

«Connor...» pronuncio il suo nome in un sussurro, ma non so proprio come andare avanti. Nella mia testa si è fatto il vuoto più totale anche se avrei così tante cose da dire da occupare l'intera nottata e anche tutto il giorno seguente. Allora dico la prima cosa che mi viene mente, che forse è anche la più vera in assoluto. «Sono stanca.»

«Sì, certo. Lo immagino.» Lui annuisce e aggrotta la fronte, mentre i suoi occhi verdi hanno un guizzo inaspettato su di me. «Me ne vado immediatamente.»

«Oddio…» Mi porto entrambe le mani alle tempie. «No, scusami. Volevo dire… ti ringrazio…»

«Nessun problema, Elena. L'ho fatto con piacere. E mi sono anche divertito.»

Annuisco e lo guardo, sento gli occhi pizzicare. Poi abbasso il viso. Lo abbraccerei, in questo momento. Lo stringerei forte a me, confessandogli finalmente ciò che provo davvero. Rivelandogli che avrei voluto… ecco, avrei tanto voluto che la serata appena trascorsa non fosse stata tutta una messa in scena, una finzione.

«Grazie…» Sollevo di nuovo lo sguardo su di lui, per fissarlo negli occhi.

Che sia questo il momento giusto? No, non credo. Non posso. Ho troppa paura e non posso crollare proprio ora se le cose non andassero come vorrei.

«Non te la prenderai con Davide?» Mi stuzzica lui.

«Non più del dovuto» accenno un sorriso un po' debole, ma cerco di fare del mio meglio.

«Come ti ho spiegato prima, ha avuto un contrattempo. È stato impegnato in un lavoro di grafica da portare a termine e io mi sono offerto di sostituirlo.»

«Fantastico.» Faccio una smorfia e arriccio il naso. «Se vi andasse male con il vostro attuale lavoro, potreste aprire insieme un'agenzia di finti fidanzati.»

«Va bene, per quanto mi riguarda potrei anche prenderti in parola.» Sorride e mi strizza l'occhio. Però poi diventa subito serio, come se non avesse più una gran voglia di scherzare.

Da quando i miei genitori hanno lasciato il mio appartamento, siamo rimasti entrambi in piedi, a pochi passi dalla porta. Connor sembrava prossimo a seguire il loro esempio, invece è ancora qui. Come se entrambi fossimo bloccati in questo spazio, in questo momento, indipendentemente dalla nostra volontà.

Però so che a breve se ne andrà e io resterò qui da sola. Dopo che, con la sua presenza ha occupato il mio appartamento, il mio spazio vitale.

Quando riprende la parola, io sono convinta che sia proprio questo ciò che ha intenzione di dirmi, invece si tratta di altro.

«Per quanto riguarda Alessia, io vorrei dirti…»

«Non c'è proprio nulla da dire, Connor.» Lo fermo all'istante. Non solo non voglio parlarne, non voglio nemmeno saperne. «Va bene così.»

«No, invece. Non va bene così.» Scuote la testa, deciso, e il suo sguardo inaspettatamente si indurisce. «So cos'ha fatto. La questione del libro, insomma. E so cosa ha fatto a te per averlo. Davide mi ha raccontato tutto. Perché non mi hai detto nulla, Elena? Avresti dovuto parlarne.»

«No...» Mi sento debole, indietreggio fino ad appoggiarmi a una porzione di muro che si trova tra la porta e il soggiorno. Abbasso lo sguardo e mi porto le mani sulle guance. «Non ero certa che mi avresti creduto. Probabilmente nessuno mi avrebbe creduto e io sarei passata per la stronza che se ne va in giro ad accusare le persone ingiustamente, senza prove. Lo avevo fatto anche con te, del resto. Quando ti ho accusato di essere arrivato qui per aiutare Chiara a selezionare le persone da eliminare dalla casa editrice.»

«Elena...» Con un respiro profondo appoggia le mani sulle mie spalle e cerca di incontrare il mio sguardo.

«Io avevo...» Sollevo la mano e la poso sul suo braccio, sfiorandolo appena. «Avevo qualcos'altro per te, visto che ero io il tuo Secret Santa. Ma poi...»

«Beh, se vuoi... io sono qui.»

«Mmh...» Lo guardo negli occhi, poi mi decido. «Aspetta un attimo.»

Mi precipito nella mia camera e torno con il pacchetto ancora incartato. Lo porgo a Connor che lo prende e se lo rigira per qualche istante tra le mani.

«Posso sedermi per aprirlo?» Mi indica il divano con un cenno.

«Certamente.» Annuisco e lo precedo, sedendomi e attirando le ginocchia al petto.

Connor si siede accanto a me e inizia a scartare il pacchetto, con cura. Quando dalla carta sbuca il libro di Samuel Sunrise, *La grandiosa scoperta del piccolo Matt*, resta del tutto sconcertato, incredulo.

«Ma... come...?»

«Non è certo merito mio» ammetto, pronta a fornire una spiegazione che coincide con la verità. Lascio scivolare giù le ginocchia e mi sistemo in modo più composto. «Subito dopo aver "perso" il mio vero regalo, sono dovuta tornare da Samuel per aiutarlo a gestire i suoi social. In breve, lui ha capito che... insomma, ero un po' abbattuta, ha voluto sapere cosa mi fosse successo...»

«E ti ha regalato la prima edizione italiana del suo primo libro... per darla a me?» Connor non sembra ancora credere all'eventualità di ciò che è realmente accaduto.

«Sì, esatto.»

Connor osserva il libro con attenzione, prima la copertina, poi il dorso e il retro, con adorazione mescolata a riverenza. Come se temesse di sgualcirlo o di rovinarlo.

«Samuel lo ha... dedicato a te. E lo ha anche firmato. Sperava ti piacesse...» sussurro appena, come timorosa di spezzare l'incantesimo.

A questo punto, in seguito alle mie parole, Connor apre il libro alle prime pagine. Legge le poche parole scritte da Samuel, poi solleva lo sguardo su di me.

«Grazie.» Non aggiunge altro, ma ciò che leggo nel suo sguardo ora va molto al di là delle parole.

«Dovresti ringraziare Samuel, non me.»

«Lo so. Ma Samuel non lo avrebbe ceduto a chiunque. Invece lo ha dato a te.» Il suo sguardo resta fisso nel mio. «Dovresti smettere di sminuire e sottovalutare il tuo potenziale. A volte sembra proprio che tu non ti renda conto di quanto vali. Quando ho detto ai tuoi genitori che hai un modo unico di far sentire le persone speciali... ecco, è quello che penso davvero.»

«Io sono... contenta che ti sia piaciuto.» Le sue parole sono come un balsamo per il mio cuore. «Samuel ha detto che sarebbe stato felice che lo avessi tu. Anche per questo mi ha aiutata.»

«Credo che sia il regalo più bello che io abbia mai ricevuto, Elena.»

Connor appoggia il libro sul tavolino di fronte al divano e solleva una mano verso di me. Deglutisco a fatica mentre lui mi sfiora con dolcezza i capelli e poi la guancia. E ho la netta impressione che il tempo si sia fermato, all'improvviso. Socchiudo gli occhi mentre il suo viso, lentamente, si avvicina al mio.

Quando le sue labbra premono sulle mie, ho la sensazione che tutti i pezzi sparsi del mio cuore stiano finalmente tornando al loro posto, come sempre avrebbe dovuto essere, fin dal nostro primo incontro.

Mi ritrovo con le braccia intorno alle sue spalle, come se il mio corpo avesse una vita propria e si muovesse senza attendere i miei comandi, richiamato irresistibilmente dal suo, come in un incastro perfetto.

«Connor...» sospiro il suo nome sulle sue labbra.

E non ci sono parole per esprimere quanto mi è mancato, quanto bisogno di lui sento nel cuore, nelle viscere. Mentre il nostro fiato si confonde, le nostre lingue si intrecciano, io riprendo confidenza con il suo sapore, con le sue braccia intorno alla mia vita.

Quando all'improvviso si stacca da me mi sembra di perdere di nuovo tutto, di essere ancora una volta abbandonata in un deserto senza calore, senza speranza.

«Forse è meglio che io vada.» Mi accarezza il viso con entrambe le mani, per un breve istante. Poi in un attimo si stacca da me e si alza dal divano.

«Certo.»

Non posso chiedere altro, non voglio pretendere altro. Annuisco, ma rimango ferma nella stessa posizione. Dovrei alzarmi, e accompagnarlo alla porta, ma non ci riesco.

«Grazie ancora, Elena.» Intanto si muove verso l'ingresso, tenendo però lo sguardo puntato su di me.

Mi alzo soltanto per porgergli il libro di Samuel, che è rimasto sul tavolino, e andare a prendere il suo cappotto.

«Grazie a te, Connor.»

Muovo qualche passo solo quando lui è già arrivato alla porta. Connor si volta fugacemente verso di me. Ci guardiamo negli occhi. Io percepisco quegli smeraldi entrarmi nel cuore e scalfirlo, ancora una volta, come e più di prima.

Se ne va e io rimango sola, a fissare la porta chiusa. Mi manca già. Come mi è mancato per tutto questo tempo. Mi manca la sua essenza. Mi manca l'idea dell'amore che dentro la mia anima si è incarnata in lui. Come, pur non avendolo mai ammesso, mi era mancato tutta la vita. Anche prima di conoscerlo.

CAPITOLO 27

La sensazione delle sue labbra sulle mie è rimasta dentro di me. Avrei voluto lottare per trattenerlo ma non ci sono riuscita. Così l'ho lasciato andare.

Dopo una notte quasi insonne in cui ho fatto del mio meglio per rivedere il mio progetto mantenendomi abbastanza lucida, mi ritrovo con mille pensieri e la testa più confusa che mai. Ho ripercorso il nostro bacio, una, due, infinite volte. In ognuna io tentavo invano di indurlo a restare, di legarlo a me.

Mentre mi incammino verso l'ufficio, sono immersa in queste riflessioni. Milano, avvolta in un silenzio ovattato da piccoli fiocchi di neve scesi durante la notte, sembra quasi sospesa nel tempo. Le luminarie accese creano giochi di luce sulle strade bianche, e l'aria è piena del profumo delle caldarroste vendute dai chioschi che si mescola alle melodie natalizie provenienti dai negozi. Portando la mia borsa a tracolla, tengo le mani sepolte nelle tasche del cappotto e la sciarpa intorno alla gola, con il fiato che si condensa in piccole nuvole davanti a me. Sento davvero troppo freddo, questa mattina, ma per un attimo Corso Garibaldi mi ricorda Grafton Street con le sue luminarie, le vetrine addobbate, gli artisti di strada che mettono alla prova il loro talento e lui… lui che mi stringeva, lui che mi abbracciava per riscaldarmi dal freddo che mi entrava insopportabilmente nelle ossa.

"Ti abituerai, prima o poi." Mi sembra di percepire anche la sua voce.

"Ne dubito, Connor, però…" Lo guardavo negli occhi, con aria fintamente ingenua.

"Mi stai dando un'ottima scusa per scaldarti, Elena!"

Quando arrivo al lavoro l'atmosfera magica svanisce rapidamente, insieme ai miei ricordi, ai frammenti della nostra storia.

Un mormorio sommesso riempie i corridoi, accompagnato da sguardi tesi e bisbigli preoccupati. In tutto questo, io mi sento sulle spine, quasi a disagio. Forse ho paura di affrontare proprio lui, non soltanto la situazione in generale. Di affrontare qualunque cosa, da parte di Connor Milligan, compreso un suo rifiuto.

Mi guardo intorno, quasi non riconosco più nemmeno l'ambiente a cui sono abituata. Saluto alcuni colleghi cercando di mantenere tutta la naturalezza possibile, ma la situazione mi sembra insolitamente pesante, quasi cupa. Mi muovo decisa verso la mia postazione, come in cerca di un rifugio sicuro, provo a darmi da fare per circa un'ora. Poi mi avvio verso la sala relax, decisa a prendere soltanto un caffè senza trattenermi.

Appena oltrepassata la soglia, intravedo Davide seduto a un tavolino e mi dirigo subito verso di lui, ignorando il caffè e la mia cara macchinetta. Non mi rendo conto che, nel frattempo, è stato raggiunto da una bella e sensuale ragazza dai lunghi capelli di un invidiabile colore biondo ramato.

«Ehi, bellezza!» Mi saluta subito con un'espressione falsamente innocente dipinta sul viso. «Com'è andata la serata?»

«Lo vuoi veramente sapere?» Sarei propensa ad aggiungere altro, ma mi sento a disagio a causa della sconosciuta che si è seduta al tavolino accanto a lui.

«In effetti sì, nei minimi dettagli. Però mi terrò la curiosità!» Davide sorride e mi strizza l'occhio, poi si volta verso la bionda. «Fiona, lei è Elena Valli, colei che ha contribuito a convincere Samuel Sunrise a restare, si occupa di marketing e della gestione delle collane per ragazzi! Elena… Fiona O'Brien, un'illustratrice e grafica eccezionale arrivata da Dublino, una delle migliori della "Emerald". Ieri sera siamo stati impegnati insieme per studiare le nuove copertine della collana per ragazzi di cui, guarda un po', vogliono lanciare l'anteprima proprio domani! Speriamo bene.»

Fiona si alza per salutarmi e ci scambiamo una stretta di mano. Ah, quindi Connor non mi ha mentito e non era nemmeno una scusa. Davide è stato davvero impegnato con il lavoro. Con Fiona, appunto. E da come la guarda non sembra tanto dispiaciuto per il cambio di programma.

«Mi fa molto piacere conoscerti, Elena.» L'italiano di Fiona è un po' stentato ma nel complesso sembra abbastanza buono. «Ho sentito molto parlare di te.»

«Anche a me fa piacere conoscerti, Fiona.» Le sorrido nel modo più gentile e accogliente che mi riesce al momento. Mi dispiace non saper fare di meglio, ma la tensione non aiuta la mia socievolezza. Provo comunque a instaurare un minimo di conversazione. «Benvenuta a Milano. Quando sei arrivata?»

«Qualche giorno fa.» Fiona mostra un sorriso spontaneo e una dentatura perfetta. «Speravo di poter partecipare alla vostra festa aziendale, ma purtroppo il mio volo era in tremendo ritardo. Per fortuna Connor è stato tanto gentile da venire a prendermi, insieme ad Alessia.»

Connor insieme ad Alessia? Inizio a mettere insieme i pezzi. Quindi, quando sono spariti insieme, la sera della festa, erano andati a prendere Fiona all'aeroporto?

Immagino di sì, a questo punto. E immagino anche che Connor conosca Fiona, se arriva anche lei da Dublino, dalla sede irlandese della "Emerald".

Okay, tutto chiaro quindi. Più o meno.

«Elena...?» Davide mi richiama alla realtà, scuotendomi dalle mie elucubrazioni mentali. «Tutto bene?»

«Sì, sì... scusatemi, sono solo un po' stanca.» Sono in totale catalessi, a dire il vero. Stanca non rende più nemmeno l'idea. «Sono state giornate impegnative.»

Faccio un cenno verso la macchinetta del caffè, sarei propensa a svuotarla completamente a questo punto. Mi sento strana, come spaesata. No, più che spaesata sono spaventata. Seleziono una cioccolata, invece del caffè, ho bisogno di qualcosa di dolce. Poi saluto con la mano Davide e Fiona, preferisco tornare alla mia scrivania. Meglio evitare altre conversazioni, dubito troppo di me stessa e del mio autocontrollo al momento.

Ma sfortuna vuole che, appena voltato l'angolo, mi imbatto nella mia personale Strega Cattiva. Alessia.

«Buongiorno, Elena.»

Mi scruta e sogghigna, salutandomi con la solita enfasi provocatoria. E io mi chiedo come riesca ad essere sempre così perfetta e tirata a lucido, anche se tutto il mondo le sta crollando intorno. Che poi, in realtà, non è tutto il mondo a crollare, ma solo io in mezzo al corridoio.

«Buongiorno, Alessia.»

Okay, ho fatto il mio dovere e l'ho salutata senza insultarla e senza tirarle addosso il bicchierino di cioccolata che reggo in mano. Più che altro perché mi serve e sarebbe sprecata addosso a lei.

«Hai già incontrato la nuova arrivata?» Era troppo sperare che mi lasciasse andare per la mia miserabile strada? Sì, evidentemente.

«Sì.» Suppongo si riferisca a Fiona. Fantastico, sono preparata per una volta! «Molto simpatica.» Giusto per aggiungere qualcosa e chiudere la conversazione. Ora però sguscio via e me ne vado! «Torno al mio computer, ci vediamo.»

Mi verrebbe da fare una battuta sul fatto che ritengo sia meglio non lasciarlo incustodito, ma preferisco evitare.

«Vero, molto simpatica e anche molto bella!»

E va bene. Anche molto bella, l'ho notato. Bionda, alta e con un sorriso incantevole. Quindi?

«Già...» Annuisco e provo a oltrepassarla mandandola, intimamente, al diavolo.

«Sono andata a prenderla insieme a Connor, all'aeroporto.» So già anche questo, non mi turba affatto. Almeno, non più del dovuto.

«Ma che brava» bofonchio tra me, lasciandomela finalmente alle spalle e aggiungendo mentalmente: non mi freghi più, stronza!

«Sai che sono fidanzati?» La sua voce mi colpisce, come una coltellata nella schiena. Una sola, precisa ed affilata, in centro al cuore. Ma, a quanto pare, non le basta. «Si sposeranno il prossimo anno. E andranno a vivere insieme a New York.»

CAPITOLO 28

Nella vita ho imparato che a certe persone non basta soltanto ferire gli altri. Li vogliono proprio distruggere, massacrare.

Ma del resto la conosco ormai, so che Alessia è fatta così. E per quanto il mio cuore vorrebbe che le sue parole non fossero altro che una patetica bugia, c'è un ragionevole dubbio che sono costretta a prendere in considerazione.

Fiona non mi ha detto nulla, quando ci siamo presentate. Ma perché avrebbe dovuto raccontare la sua vita sentimentale a un'estranea?

Connor non mi ha parlato di Fiona. Anche se è venuto da me a giocare al finto fidanzato al posto di Davide. E poi è successo… e lui mi ha mollata lì su due piedi e se n'è andato senza una spiegazione.

Quindi, razionalmente, tutto potrebbe avere un senso. Ma la verità è che io, nel tentativo di essere razionale, sto sanguinando nel profondo. E fa male, un male atroce.

In qualche modo riesco ad arrivare alla mia scrivania senza crollare a terra e senza scoppiare a piangere nel bel mezzo del corridoio. Mi lascio cadere sulla sedia e mi ci aggrappo come a un'ancora di salvezza. Se seguissi l'istinto, vorrei uscire di qui, scappare e sparire per sempre. Semplicemente.

Invece resterò. Attaccata, con le unghie e con i denti, al mio lavoro. Perché ormai è davvero l'unica cosa che mi rimane, l'unico vero amore della mia vita. E io non me lo lascerò portare via senza lottare. Anzi! Continuerò a impegnarmi, giorno e notte. Tanto da diventare la migliore qui dentro. Migliore di Alessia, di Fiona, di Connor... migliore di Chiara addirittura!

Mi mordo le labbra e mi passo entrambe le mani sul viso. Stranamente, per quanto il mio cuore sia in pezzi, non sto piangendo. Forse le lacrime che si versano all'interno non lasciano segni esteriori, anche se lacerano il cuore. Meglio così, almeno non sarò obbligata a cancellare il pianto dal mio viso.

Non dirò nulla, non chiederò nulla. Lascerò semplicemente andare. Sarò forte. Determinata. Imperturbabile.

Rammento le parole che Connor mi ha rivolto. Devo smettere di sminuire il mio potenziale. A volte non mi rendo conto di quanto valgo. Sospiro e mi appoggio allo schienale della sedia, con la testa sollevata verso il soffitto. Indipendentemente dai nostri rapporti personali, lui pensa questo di me. Devo iniziare a dimostrargli che è vero, dimostrarlo a me stessa, soprattutto. Lottare per ciò che voglio, anche se ciò significa affrontare paure e insicurezze. Diventare abbastanza coraggiosa da rischiare il tutto per tutto.

«Ehi, bella addormentata...» La voce di Cristina mi riporta alla realtà. «Sei persa nei tuoi dolci sogni?»

«Ciao.» Abbasso la testa, fino a incontrare il suo sguardo. «No, non proprio.»

«Ieri sera, poi...»

«Preferisco non parlarne, Cris.»

«Va bene, come preferisci.» Cristina mi sorride e si avvicina. «Stai ancora studiando quel nuovo piano marketing?»

«Sì.» Lavoro, solo lavoro. È l'unica cosa che conta! «Marketing digitale per rilanciare l'immagine della casa editrice, mostrando ai clienti il lato benefico e culturale dell'azienda. Non mi arrendo. Se Chiara darà la sua approvazione potremmo anche lanciare l'idea fin da subito.»

«Elena... è la Vigilia di Natale! È già tanto se siamo ancora qui a tentare...» Cristina sbuffa e si morde le labbra. «Le cose si stanno mettendo male, lo sappiamo. Peggio di quanto abbiamo ipotizzato nel corso delle ultime settimane. Davide ci ha provato con quelle nuove copertine, ma dubito che qualsiasi trovata, anche la più geniale, potrebbe funzionare.»

«Non capisci, Cris. Proprio perché è la Vigilia di Natale potrebbe funzionare.»

«Elena... non si tratta soltanto di questo.» Cristina sembra in lotta con se stessa, come se cercasse di prepararmi a qualcosa di irreparabile. «È meglio che tu lo sappia.»

«Se si tratta di altro, so già tutto.» Non voglio affrontare il discorso che riguarda Connor e Fiona. Non voglio. Non adesso. Magari in un altro momento, magari un altro giorno, ma non adesso.

«Okay... però lasciami dire che...» Cristina sospira e scuote la testa. «È stata davvero una brutta botta. Una botta tremenda.»

Certo che così non mi aiuta, però!

«Cristina, io...»

«Comunque... Chiara vorrebbe parlarci, chiede di radunarci tutti nella sala riunioni principale.» Per fortuna si è decisa a cambiare discorso! «Ci aspetta tra un'ora.»

«Perfetto! Sono pronta a giocarmi il tutto per tutto, ormai!»

***

Se non mi fossero bastate le parole di Cristina, avrei ricevuto una piena conferma dagli sguardi desolati dei miei colleghi, che ora esprimono tutta la frustrazione e il disappunto che si sono percepiti nel corso di queste ultime settimane.

Per giorni interi abbiamo finto che tutto procedesse per il meglio e che il problema fosse ampiamente recuperabile. O forse ci siamo soltanto illusi, abbiamo preferito nascondere la testa sotto alla sabbia. Sperando magari che la situazione cambiasse per magia. Cosa che, mi sembra evidente, non è accaduta.

Mi guardo intorno. Saluto con un cenno Sandra e Luca. Intanto, insieme ad altri colleghi, entrano anche Davide e Fiona. Infine Alessia, che ci degna della sua presenza.

Manca soltanto Connor, ma forse la situazione non lo riguarda così direttamente. Ormai non lo so più, non so più nulla. Da un certo punto di vista vorrei lottare per capire, lottare per salvare il salvabile. Da un altro non vedo l'ora che tutto questo finisca, per tentare di recuperare almeno me stessa e cercare di comprendere dove indirizzare i miei sogni, le mie speranze.

Dopo qualche minuto di trepida attesa, finalmente Chiara Anselmi fa il suo ingresso nella sala riunioni, seguita da Roberta e da Connor. Anche lui oggi sembra stanco, con il viso tirato. Chiara, invece, appare come non l'ho mai vista, da quando la conosco. Il bel volto è arrossato e ha gli occhi lucidi, segnati dalle lacrime. Anche i suoi capelli sembrano arruffati, in disordine.

Siamo radunati tutti intorno al tavolo, come soldati sull'attenti. Dopo un fastidioso brusio iniziale, in seguito all'ingresso di Chiara nessuno ha più osato proferire parola o sedersi, restiamo immobili in attesa e in totale silenzio.

Chiara fissa lo sguardo su di noi, sembra quasi squadrarci uno alla volta, come se volesse imprimerci nella memoria, per istanti che a me appaiono infiniti. Poi prende un respiro profondo, prima di pronunciare le parole dolorose che sembrano pesarle sul cuore come un macigno.

«Ci abbiamo provato, ragazzi. Ci abbiamo davvero provato fino all'ultimo.»

Non sembra intenzionata ad aggiungere altro, abbassa lo sguardo e stringe i pugni, mentre un silenzio quasi irreale continua a dominare la sala.

All'improvviso, Chiara Anselmi, risolleva gli occhi grigi e intensi su di noi. Sembra aver subito un mutamento nei pochi istanti intercorsi tra le sue parole e questo suo sguardo ora più duro, più determinato.

«Mi rendo conto di dovervi una spiegazione.» Socchiude per un attimo gli occhi, come se sentisse la necessità di rielaborare tutto ciò che ha intenzione di condividere con noi. «La verità è che... Alberto Giraldi ha intenzione di vendere le sue azioni della "Emerald Ink House" al migliore offerente, tutta la sua parte, insomma. Io ho tentato di acquistarle, ma il mio capitale non gli è bastato. Anche Patrick Kingston e Connor Milligan hanno tentato di aiutarci, nel frattempo. Per qualche giorno ci siamo illusi di essere giunti a un accordo soddisfacente per tutti ma, quando la situazione sembrava finalmente essersi ridimensionata, Alberto Giraldi ha rifiutato la nostra offerta, avendone ricevuta, a suo dire, una migliore e per lui più redditizia da un altro acquirente, proprio questa mattina. La casa editrice ha subito delle perdite nel corso di questi ultimi mesi; quindi, non saremo in grado di competere con l'offerta del nostro contendente. Alberto è intenzionato a convalidare la vendita questa sera. Con un po' di fortuna potremmo chiedergli di attendere fino al 27 dicembre, ma tre giorni in più non ci serviranno comunque a nulla. E comunque... conoscendolo non accetterà di attendere oltre.»

«Ma... questo altro acquirente?» La domanda speranzosa di Max, uno dei colleghi, sposta momentaneamente l'attenzione generale. «Non potrebbe aiutarci e prendere in mano la situazione al posto di Giraldi?»

«Purtroppo no.» La risposta di Chiara è categorica e spezza definitivamente ogni minimo frammento di illusione. «Si tratta di un nostro concorrente. La sua intenzione è quella di smembrare la sezione italiana della "Emerald" e...» Chiara scuote la testa, desolata.

Qualcosa mi sfugge. Acquistarla per poi smembrarla? Ma perché? Guardandomi intorno, ho la sensazione che lo stesso interrogativo stia risuonando nella mente di tutti quanti. Sposto di nuovo lo sguardo verso il punto in cui si trova Chiara, ma i miei occhi incrociano per un istante quelli di Connor. Mi distolgo immediatamente per poi tornare su di lui appena sento la sua voce.

«È esattamente quella che sembra.» Ci aggiorna, senza mezzi termini. «Una vendetta.»

Una vendetta? Ma è assurdo. Forse si tratta della storia passata tra Chiara e Alberto? Ma sono trascorsi più di dieci anni, ormai. Mi sembra improbabile.

«Una vendetta, una ripicca, una rivincita...» Chiara sospira e si stringe nelle spalle. «Potrebbero esserci svariati modi per definirla, ma il concetto non cambia. Il tutto è scaturito dal fatto che un autore ha deciso di pubblicare tutti i suoi libri con noi, rescindendo i contratti che aveva con questo editore italiano che, almeno in teoria, diventerà il nostro nuovo "partner". La questione per fortuna non ha intaccato le pubblicazioni in inglese della nostra sede irlandese. A questo punto sarà necessario anche scindere le due sedi perché la "Emerald" italiana smetterà di esistere. Vi sono grata per tutto ciò che avete fatto in questi anni, per la vostra energia, professionalità...»

Smetto di ascoltarla. La mia mente sta elaborando fin troppe informazioni, ma su una in particolare è rimasta bloccata, come in stallo. Su alcune parole precise pronunciate da Chiara: "...un autore ha deciso di pubblicare tutti i suoi libri con noi..."

Sgrano gli occhi, incredula, li punto su Connor, poi mi muovo, oltrepasso Cristina e Sandra, raggiungo la porta della sala riunioni ed esco in corridoio.

"Un autore ha deciso di pubblicare tutti i suoi libri con noi..." Le parole di Chiara continuano a risuonare nella mia mente, incessantemente. A cui si aggiunge un nome: Samuel Sunrise.

Possibile che la notizia si sia già diffusa? Sì, probabile. E non sarebbe nemmeno la prima volta.

Sospiro e mi appoggio al muro del corridoio, con entrambe le spalle. Mi lascerei cadere fino a terra, ma mi sforzo per trattenermi.

«Elena...» Connor, che pronuncia il mio nome con quel suo accento che ho sempre trovato sensuale, provocante. Solo che ora mi provoca un'ondata di fastidio, quasi di rabbia.

«Lasciami in pace, Connor.» Chiudo gli occhi, non lo voglio nemmeno vedere. Anche se so che in fondo, lui non c'entra. Anzi, forse alla fine è più colpa mia che sua. Riapro gli occhi su di lui. Comunque sia, ho bisogno di una conferma. «Stava parlando di Samuel, vero?»

«Sì.» Ecco, non c'è voluto poi molto. Nel suo sguardo leggo una sorta di rassegnazione mista a compassione nei miei confronti.

«Sono stata io» ammetto, senza indugi. «Io l'ho convinto.»

«Non è vero!» Connor replica all'istante, come se avesse già compreso la direzione del mio pensiero ancora prima che io sgusciassi fuori dalla sala riunioni. «Samuel aveva già deciso. E tu di certo non potevi prevedere che Alberto Giraldi intendesse vendere le sue quote a noi e poi si lasciasse manipolare arrivando a rovinarci.»

«Per te non cambierà nulla. La "Emerald" irlandese è salva.» Non dovrei prendermela con lui. Non ha colpa se il mio lavoro qui si è concluso, mentre il suo non verrà minimamente intaccato. Ma non mi fermo, procedo dritta per la mia strada e lo investo in pieno. «E poi andrai a New York, quindi…»

«Allora lo sai.» Connor deglutisce, abbassa lo sguardo e si passa entrambe le mani tra i capelli.

«Sì, lo so.»

«Avrei voluto dirtelo io.» Quando rialza gli occhi verdi su di me, leggo amarezza, dispiacere. Ma anche la certezza che, ormai, non ci sia più nulla da fare. Né per la "Emerald" né per noi.

«A questo punto non credo abbia molta importanza.»

Distolgo lo sguardo da lui e gli volto le spalle. Non so dove andare, vorrei solo correre via, poi invece decido di muovermi verso la porta per rientrare in sala riunioni. Spero che non aggiunga altro, invece sento ancora la sua voce, alle mie spalle.

«Mi dispiace, Elena.»

«Anche a me, Connor. Tu non sai quanto.»

CAPITOLO 29

Rientro in sala riunioni. L'atmosfera è ancora più tesa di quando sono uscita. Solo che ora tutti stanno parlando, quasi a raffica, esprimendo la loro opinione e, in parte, anche i loro progetti futuri. Come se la "Emerald" ormai appartenesse al passato.

Tra le altre parole si percepiscono insulti, nemmeno troppo velati, nei confronti di Alberto Giraldi. A questi unirei anche i miei, se non mi sentissi già abbastanza devastata, spezzata. Prendermela con quel miserabile individuo non cambierebbe la mia situazione, non la smuoverebbe nemmeno di un millimetro.

Mi avvicino a Cristina e a Sandra, ci scambiamo uno sguardo afflitto. Non so cosa cerco, in loro. Forse una conferma, anche se ciò che vorrei trovare davvero è una speranza.

«In pratica, quello stronzo di Giraldi ha deciso di farci fallire» riassume Cristina.

«Non gli è mai andata giù che la casa editrice stesse procedendo anche senza nessun contributo da parte sua. Ha aspettato il momento giusto per farla pagare a Chiara.» Anche Sandra è abbastanza convinta in merito.

Non so cosa aggiungere che non sia già stato detto. In realtà non vorrei parlare, ma fare qualcosa. A poca distanza intercetto lo sguardo di Alessia che evidentemente era già preparata a ricevere questa devastante notizia e sta esponendo il suo pensiero a Luca e a Davide.

«Come si dice... quando si chiude una porta...» Lascia la frase in sospeso e la sua espressione da triste si trasforma in ammiccante nel giro di pochi secondi. «Questa svolta per me segna un nuovo inizio. Quando ci sono state le prime avvisaglie di fallimento, io ho iniziato a fare domanda altrove. E molti editori che ho contattato mi hanno già risposto, anche quello che credo sarà l'acquirente della "Emerald". Ora sta a me la scelta.»

Non mi sorprende. Del resto, cosa ci si poteva aspettare da Alessia?

Però, se devo essere completamente onesta, non me la sento nemmeno di biasimarla. Oltre al fatto che scegliere proprio la casa editrice che causerà la fine della "Emerald" sarebbe un vero colpo basso, per il resto ha solo pensato a mantenersi a galla. Come ha sempre fatto. E come forse avrei dovuto fare anch'io.

Quando mi accorgo che mi sta puntando, le volto subito le spalle. L'ultima cosa che voglio, in questo momento, è instaurare una conversazione con lei riguardo alla storia tra

Connor e Fiona o stare ad ascoltare i suoi brillanti programmi futuri che la porteranno di certo a un successo strabiliante.

Seguo invece con lo sguardo Chiara che, raccolta la sua agenda, sta per lasciare la sala insieme a Roberta. Non ho ascoltato la conclusione del suo discorso perché sono uscita prima, ma posso immaginarla. In ogni caso, decido di seguirla verso il suo ufficio.

«Chiara...» Richiamo la sua attenzione prima che si ritiri. «Posso parlarti?»

«No, Elena. Non puoi.» Si volta di scatto verso di me. Ha l'espressione vuota, completamente assente, come se le avessero appena strappato una parte della sua anima. «Scusami, ma... davvero non me la sento.»

«Capisco, però...» La capisco davvero e non voglio impormi. Però... ora o mai più. Perché di certo non ci sarà un'altra occasione. «C'è tutta questa giornata...»

«Elena...» Chiara muove qualche passo verso di me. Poi si ferma. «Io comprendo le tue buone intenzioni e ti ringrazio. Ti ringrazio anche per il tuo attaccamento alla "Emerald", so che hai sempre dato il meglio e hai lavorato instancabilmente. Però, davvero... non c'è niente da fare. È la Vigilia di Natale, manca il tempo materiale per riuscire a...»

«Lo so!» Mentre lei è alla ricerca della parola adatta, io la interrompo. Cosa che non ho mai fatto, da quando sono qui. Chiara Anselmi è sempre stata la mia "grande capa suprema", ambiziosa, algida e sicura di sé. Ora, invece, riesco solo a vedere una donna esausta, sfiduciata e sofferente. «Però, se me lo permetti, io vorrei comunque andare avanti con il mio progetto. Quello che sto elaborando e che tu avevi in parte approvato. Anzi, a questo punto vorrei ampliare la mia idea.»

«Lavoreresti per nulla, lo sai?» Mi rendo conto che Chiara mi sta dando retta e rispondendo per cortesia, mentre ora vorrebbe soltanto fuggire da qui e provare a dimenticare tutto o almeno alleviare la sofferenza della pugnalata che ha ricevuto, anche se sarà improbabile che ci riesca. «Sprecheresti il tuo tempo, tempo che potresti impiegare per stare con la tua famiglia, con i tuoi amici… o a fare qualunque altra cosa!»

«So anche questo» annuisco convinta. «Ma visto che non posso aiutare in nessun altro modo, vorrei almeno concludere il mio lavoro alla "Emerald" come l'ho iniziato. Con la massima grinta, dando il meglio di me stessa. Qui…» Mi mordo le labbra, mi trema la voce anche se vorrei mostrarmi determinata, fredda e sicura. Non devo piangere. Non voglio piangere. «Qui ho vissuto gli anni più belli e intensi della mia vita. Non lo dimenticherò mai. Come non dimenticherò mai l'occasione che mi hai dato, Chiara, la fiducia che hai riposto in me.»

«E va bene.» Chiara muove qualche passo verso di me e mi appoggia una mano sulla spalla. «Se è questo che vuoi, Elena, fai pure. Fidarmi di te è stata una delle scelte migliori, per quanto mi riguarda. Sono certa che farai molta strada e il tuo talento verrà ricompensato, prima o poi.»

Mi rivolge un sorriso, stranamente quasi sereno, e si volta per andare a rifugiarsi nel suo ufficio. In quello che, a breve, temo smetterà di essere il suo ufficio. Io, intanto, con un respiro profondo mi accingo a fare lo stesso, avviandomi verso il mio adorato "bugigattolo" e verso la scrivania che presto dovrò salutare per sempre. Ma per oggi sarà ancora mia.

«Elena...» Cristina, che nel frattempo era uscita dalla sala riunioni, si avvicina a me. Davide, Sandra e Luca la seguono, in silenzio. E c'è anche Fiona, con loro. «Cosa possiamo fare?»

«In che senso?»

«Per il tuo progetto, dolcezza.» Davide sospira e si stringe nelle spalle. «Ci sarà qualcosa che possiamo fare per aiutarti? Per contribuire almeno un minimo...»

«Avete sentito Chiara? Non servirà a nulla. Lavorereste per nulla, sprechereste il vostro tempo.» Lo ribadisco in modo fermo e conciso. È inutile che si illudano. «Il mio è solo un progetto di marketing, qualche idea buttata giù a caso, nulla di sensazionale o rivoluzionario. Non è la salvezza per la "Emerald", per questo ci vorrebbe un miracolo. È solo una cosa mia...»

«Va bene, è una cosa tua. E non salverà la "Emerald".» Connor, perché è ancora qui? Forse perché Fiona è ancora qui, solo per questo. «Però si tratta del nostro lavoro e del nostro tempo. Sta a noi decidere come sprecarlo, giusto?»

Vedo cinque persone annuire automaticamente alla sua domanda.

«Allora...» riprende la parola, con una luce nello sguardo che mi riporta indietro nel tempo, ai nostri momenti speciali a Dublino, quando sentivo la sua mente davvero connessa con la mia e i nostri cuori battere all'unisono. «Cosa dobbiamo fare, Elena? Non è finita finché non è finita.»

CAPITOLO 30

Connor

Non è finita finché non è finita.

Non mi riferivo esclusivamente alla "Emerald" anche se suppongo che gli altri abbiano interpretato le mie parole solo in quel senso. Gli altri, tranne Elena.

Perché tra noi non è mai davvero finita. Almeno per quanto mi riguarda. Per questo voglio aiutarla, non la lascerò da sola a combattere. Forse sarà inutile, non riusciremo a salvare la sede italiana della "Emerald" in questo modo, senza aiuti esterni.

"Non è finita." Continuo a ripetermi queste parole, mentalmente.

Non è finita perché io non voglio che finisca. Vorrei preservare ciò che è in mio potere salvare. Vorrei che la situazione fosse diversa, ma questo è tutto ciò che abbiamo.

Vorrei trovare il modo per esprimere ciò che provo, essere parte di qualcosa che abbiamo contribuito a costruire, tornare a legarmi a lei con uno sguardo, con un gesto, ritrovare quell'affinità, quella complicità che da una semplice sfida ha portato alla nascita di sentimenti autentici, inalienabili.

Non è finita perché io rivoglio tutto quanto. Voglio lei, tutto di lei. E voglio noi, in ogni modo possibile.

E in questo momento vorrei stringerla, vorrei abbracciarla, baciarla. Accarezzare la sua forza, cullare la sua fragilità.

Invece sono qui, a ripetere parole vane ma che le hanno acceso una scintilla di vita nello sguardo. Quella stessa scintilla che splendeva anche in passato e che fa parte di Elena, della sua anima.

«Io... ho elaborato un piano...» sussurra appena dopo che ci siamo riuniti nella sala relax. Non siamo in molti, ma sufficienti. Chi è rimasto fedele alla "Emerald" è ancora presente in questa stanza, in questo edificio.

La osservo e mi sembra perdersi, anche se solo per un istante. Scruta le decorazioni e poi fissa lo sguardo sul ramoscello di vischio, quello che l'ho aiutata ad appendere sulla porta il giorno del mio arrivo.

Ci sta pensando anche lei? A ciò che è stato e che potrebbe tornare ad essere. E a quella canzone che risuonava nell'aria, tra le pareti della sede irlandese della "Emerald".

"Siamo sotto al vischio, Elena. Conosci la tradizione?"

"Non dovrei baciare il mio responsabile, però…"

Però ci siamo baciati lo stesso, come due irresponsabili, perché trattenerci stava diventando sempre più difficile, impossibile da parte mia.

Ci sta davvero pensando anche lei, proprio in questo momento? Non lo so, non ne sono certo. Cerco soltanto di non perdermi, di essere presente, di sostenere il suo impegno.

Ha bisogno di me e io sono qui. Non potrei essere altrove. Non potrei mai essere altrove. Anche se si tratta di mandare all'aria tutta la mia vita, il mio futuro, la mia carriera. Perché è solo qui, accanto a lei, il mio posto. Ed è proprio qui che ho intenzione di restare.

CAPITOLO 31

Non è finita finché non è finita.

Inizio a ripetermelo come un mantra. E, per assurdo, è stato proprio Connor a pronunciare questa frase. Perché invece, tra di noi, è davvero finita.

Per quanto riguarda la "Emerald", invece, siamo molto prossimi alla fine, abbiamo le ore contate, però...

Mi prendo qualche minuto di pausa per telefonare ai miei genitori, avvisarli che sarà una giornata davvero intensa e per scusarmi, visto che sarò costretta ad abbandonarli almeno fino a tarda sera. Evito di annunciare loro il vero disastro che incombe su di me, ci sarà tutto il tempo più tardi.

Poi mi ritrovo nella sala relax con Cristina, Davide, Connor, Fiona, Sandra e Luca. A noi si è aggiunta anche Roberta e pochissimi altri superstiti che, a differenza della maggior parte dei colleghi, hanno deciso di non abbandonare troppo spudoratamente la nave che affonda.

Mi guardo intorno e registro nella mente ogni angolo di questa saletta, diventata ormai familiare, che io stessa ho addobbato per Natale. Quest'anno con l'aiuto di Connor. Sembra essere passato così tanto tempo, ormai, invece non è trascorso nemmeno un mese.

Come potrò mai colmare tutto il vuoto che resterà dentro di me? Come riuscirò a tollerare questo peso sul cuore? Non ne ho idea. Ma non ci posso pensare adesso. Probabilmente avrò tutto il tempo per pensarci domani e nei prossimi giorni.

Sollevo la mia borsa a tracolla ed estraggo dalle mie cartellette alcuni fogli che ho stampato e rilegato in piccoli fascicoli.

«Io... ho elaborato un piano...» bisbiglio appena, poi mi schiarisco la voce. Non è il momento di lasciarmi sopraffare dalla paura, devo agire. «Secondo questo mio piano, la casa editrice potrebbe avere ancora un futuro, sprigionare un potenziale che...»

Sollevo lo sguardo verso le decorazioni natalizie che adornano la sala, fino ad arrivare alla porta dove c'è ancora il ramoscello di vischio che Connor mi aveva aiutata ad appendere. Mi distolgo e lo cerco con lo sguardo, mi accorgo che mi sta fissando. Ma forse solo perché stavo parlando e mi sono bloccata all'improvviso.

Ci sta pensando anche lui? Al nostro bacio sotto al vischio, a Dublino sei anni fa. Le sue parole mi risuonano nella mente, tra le strofe di quella canzone degli S Club 7 che non mi piaceva poi così tanto perché parlava di separazione, di allontanamento, ma che è diventata parte di noi, della nostra storia. E che ora sta tornando più attuale che mai.

"I never had a dream come true
'Til the day that I found you
Even though I pretend that I've moved on
You'll always be my baby
I never found the words to say
You're the one I think about each day
And I know no matter where life takes me to
A part of me will always be with you..."

«Elena...» La voce di Cristina mi scuote, richiamandomi all'ordine.

«Sì, scusate.» Torno a focalizzarmi sulle persone che sono sedute intorno ai tavolini che abbiamo unito. «Come dicevo... questo piano avrebbe coinvolto il mercato nazionale e internazionale, mostrando il lato benefico e culturale della casa editrice. Anche se ora, per come stanno le cose... In ogni caso, l'idea era quella di creare una piattaforma digitale interattiva che combinasse promozione dei libri, attività benefiche e un forte impatto sui social media. Il piano prevedeva alcuni punti.»

Distribuisco i fascicoli che ho stampato e attendo che tutti ne abbiano uno prima di riprendere.

«Come potete vedere, i punti generali, al momento, sono quelli indicati: una campagna promozionale, che si potrebbe chiamare *Un libro, un sorriso*, o qualcosa del genere, in cui per ogni libro acquistato attraverso la nostra piattaforma, una copia sarebbe donata a un bambino in difficoltà: eventi digitali interattivi, come letture di fiabe in diretta con autori e magari anche attori, accessibili a livello internazionale; un video promozionale, per raccontare il valore dei libri come regali senza tempo. Infine, un focus sul mercato internazionale, promuovendo gli autori italiani e stranieri attraverso collaborazioni con istituzioni culturali. Per ogni punto evidenziato potete vedere i possibili sviluppi. Le possibilità potrebbero essere infinite. L'unico limite che abbiamo è il tempo, purtroppo.»

«Io proporrei di dividerci in gruppi, magari in base alle nostre competenze principali o all'ispirazione, e iniziare a darci da fare.» Il suggerimento di Cristina mi sembra sensato. Vedo gli altri annuire.

«Se ve la sentite di sprecare la vostra Vigilia di Natale...» accenno un piccolo sorriso o almeno ci provo. «A me non dispiacerebbe avere compagnia.»

Così, di comune accordo, iniziamo a metterci al lavoro. E la sensazione che mi invade, inaspettatamente, è quella di essere attraversata da una specie di magia. La magia di essere una squadra, una vera squadra, non più e non solo

257

semplici individui. Una squadra come mai siamo stati prima d'ora.

Cristina, Sandra e Lisa, un'altra collega che ha deciso di restare, si occuperanno delle pubbliche relazioni aggiornando la lista dei contatti che accetterebbero di essere coinvolti all'ultimo minuto per la promozione. Luca, Max e Giulia, altri due colleghi che collaborano con lui alla collana per ragazzi, penseranno a come proporre il piano sui social media. Davide, Fiona e Roberta progetteranno il video, con tanto di copione, immaginando uno sfondo teatrale adeguato. Davide è convinto che dovremmo partecipare tutti noi, almeno sarà un modo più che degno di ringraziare e salutare la "Emerald Ink House".

«E io cosa posso fare?» Mentre gli altri si stanno alzando per mettersi al lavoro, Connor si avvicina con la sedia alla mia, che sto tentando di dare un senso logico all'ordine sparso in cui ho disposto le mie svariate cartellette sul tavolo. Non si è unito a nessun gruppo, è rimasto fermo e zitto tutto il tempo, con lo sguardo puntato su di me.

«Sei capace di fermare il tempo?» Gli lancio un'occhiata un po' scettica.

«Temo di no. Anche se a volte vorrei riportarlo indietro.»

Cerco di non lasciarmi impressionare. Né tanto meno suggestionare dalle sue parole, dalla sua voce suadente, dal suo sguardo su di me.

Perché il cuore adesso mi sta battendo forte, troppo forte. E non può, non deve. Lui se ne andrà via da qui, presto. E con un'altra. Anche se non mostrano apertamente in pubblico la loro relazione, questo non significa nulla. Connor ha confermato il fatto che sta per trasferirsi a New York. Non c'è più nulla da aggiungere.

«Allora inserisciti in una delle squadre e cerca di dare il tuo contributo» gli suggerisco con un tono un po' freddo.

«Tu cosa farai?» Mi chiede, ignorando del tutto la mia proposta.

«Vorrei inventarmi uno slogan più persuasivo, qualcosa di meglio di *Un libro, un sorriso.* Cercherò di fare un po' di brainstorming, ma purtroppo temo che il mio cervello, a questo punto, sia completamente prosciugato, una specie di landa desolata...»

«Capisco» Connor sorride alla mia descrizione. «Scommetto che il tuo povero cervello ha bisogno di un po' di pace, dopo essere stato preso d'assalto da così tante idee. C'è un mondo, lì dentro!» Così dicendo posa la mano sulla mia testa, accarezzandola con dolcezza. «Un mondo che non smette di creare...»

Perché fa così? Detesto quando fa così! Sposto la sedia indietro per staccarmi da lui, provocando senza volerlo un rumore fastidioso.

«Lo stato del mio cervello non è la priorità, al momento! E nemmeno il mondo che non smette di creare...» Stringo leggermente gli occhi, su di lui. Però, in effetti...

«Elena? Tutto bene?»

«Crea un mondo...» sussurro piano. «Connor... crea un mondo... mi serve altro però!»

«Okay, okay...» All'improvviso sembra comprendere ciò che mi ha appena attraversato la mente. «Vediamo... leggi con noi, crea un mondo? No, fa schifo!»

«No, ti sbagli. Va solo rivista, proposta un po' meglio...» Mi poso la mano sulla fronte, mi sembra che scotti. E il cuore ha ripreso a battermi all'impazzata. «Leggi un libro, crea un mondo? Ma visto che è Natale...»

«Regala un libro, crea un mondo!» Esclama Connor, afferrandomi per le spalle e stringendomi forte.

Mi ritrovo con il suo viso così vicino, le sue labbra a poca distanza dalle mie. E avrei voglia di ridere, di piangere, di stringerlo, di baciarlo. Evito tutto quanto.

«È perfetto, Connor.» Poso entrambe le mani sul suo petto e sento che anche il suo cuore sta battendo forte. Allo stesso tempo, sento una scintilla di speranza accendersi, dentro me. «È assolutamente perfetto.»

Regala un Libro, Crea un Mondo. Ci siamo. Di certo non servirà a nulla. Ma ci siamo.

***

Anche gli altri concordano con noi. In mancanza di tempo e con i pochi mezzi che ci sono rimasti *Regala un Libro, Crea un Mondo* è lo slogan perfetto. Lo slogan per il nostro progetto.

Così, proseguiamo nella nostra impresa, nella missione impossibile in cui siamo rimasti coinvolti. Salvare la sede italiana della "Emerald Ink House". O almeno provarci, progettando grafiche e strategie per i social media.

Non è finita finché non è finita. Continuo a ripetermelo, incessantemente. Il giocatore di baseball a cui dobbiamo questa frase doveva essere un grande.

Infatti, noi non ci fermiamo. Ordiniamo qualcosa per pranzo, cibo cinese e pizza, e intanto proseguiamo nel nostro intento, implacabili e tenaci. Nel primo pomeriggio, anche Chiara ci raggiunge, sconcertata dalla nostra caparbietà e dalla ferma intenzione di non arrenderci.

Le presentiamo il piano, mostrandole lo slogan, le idee e i risultati, sebbene modesti, che abbiamo iniziato a raggiungere sui social richiamando un po' di attenzione sulla "Emerald".

«Va bene, ragazzi. Mi avete convinta con la vostra passione e il vostro impegno. A volte è proprio questo a fare la differenza, quindi procediamo.» Accenna finalmente un sorriso un po' più rilassato. «Per quanto mi riguarda, ho scritto un comunicato stampa che pubblicheremo il 27 dicembre, circa le sorti della "Emerald". Ma se, prima di quella data, potessi eliminarlo e gettarlo nel cestino sarebbe un vero e proprio miracolo. A questo punto, tentiamo il tutto per tutto. Contatterò Patrick, intanto, per chiedergli se possiamo avere il suo supporto.»

«Io lo sto già aggiornando, in tempo reale.» Connor solleva il cellulare. «È un po' scettico sulla buona riuscita del progetto, ma è disposto a darci il suo appoggio facendo condividere le nostre idee anche dai social irlandesi della casa editrice.»

«Perfetto!» Chiara annuisce, sembra leggermente più convinta ma allo stesso tempo è restia a illudersi per non restare delusa. «C'è qualcosa che io posso materialmente fare per aiutarvi?»

«Prendere un po' di tempo?» suggerisco timidamente.

«In realtà ci sto provando da quando ho accettato che tu ti impegnassi in questa folle missione…» La mia capa suprema mostra una certa determinazione. Forse anche lei si sta convincendo a lottare fino alla fine. «E continuerò a farlo, per quanto possibile.»

Procediamo, come Chiara ci ha esortato a fare. Ormai anche un po' per inerzia, ma ad ogni segnale positivo ci sentiamo rinvigoriti e fiduciosi a proseguire. Se anche la situazione non cambierà a nostro favore, almeno potremo essere orgogliosi del fatto di aver lottato fino in fondo.

Il nostro spiraglio di fiducia si spezza però nel tardo pomeriggio. Con l'arrivo di Alberto Giraldi e del suo avvocato. Sono in anticipo sui tempi stabiliti. E temo di comprendere il motivo di questa spiacevole improvvisata.

Essendomi trasferita nella sala relax, da cui dirigo la nostra "centrale operativa", mi sono persa la sua entrata in scena. In ogni caso, posso immaginare che le sue intenzioni non siano pacifiche. Che uomo spregevole!

Quando mi affaccio sulla porta, lo vedo discutere con Chiara e con l'avvocato della "Emerald" che, per fortuna, ha accettato di raggiungere la sede della casa editrice anche il giorno della Vigilia. Intanto si incamminano, suppongo, verso gli uffici amministrativi.

«Non c'è più nulla da fare, vero?» La mia domanda non è rivolta a qualcuno in particolare, anche se Cristina, Roberta e Connor sono le persone che mi stanno più vicine, al momento.

«A quanto pare no.» La risposta di Cris è lapidaria. E non è quella che vorrei sentire. «Lo stronzo non accetterà proroghe. Temo che per lui l'affare sia già concluso.»

«Anzi, potrebbe aver già venduto la sua parte, a questo punto, ed essere qui a godere della nostra disfatta.» Roberta dà il colpo di grazia definitivo alle mie illusioni. «Provo a raggiungere l'ufficio di Chiara o a seguirli per tentare di scoprire qualcosa. Vi tengo aggiornati.»

Annuisco tristemente, mentre Roberta si allontana. Lei e Cristina, in fondo, hanno soltanto dato voce ai miei stessi pensieri. A questo punto non c'è davvero più nulla da fare, abbiamo lavorato e lottato invano. Forse avrei potuto risparmiare a me stessa e a tutti noi questa desolante e brutale sconfitta.

«Tanto impegno buttato via...» bisbiglio abbassando il viso. «Mi dispiace, io non avrei dovuto...»

«Aspettiamo.» È l'unica parola che pronuncia Connor, tenendo lo sguardo fisso verso il corridoio principale.

«E cosa vorresti aspettare?» Suscita la mia reazione immediata. «Si è presentato in anticipo, vorrà dire che ha già ufficializzato tutto. Mi sembra evidente che, a questo punto, possiamo soltanto raccogliere le nostre cose e...»

«Invece non raccogliamo proprio nulla.» Connor si stacca da noi e rientra nella sala relax dove, nel frattempo, si sono radunati anche gli altri. Come se fossero "fuggiti" all'ingresso del nemico. «Io direi di proseguire con quello che stiamo facendo.»

«Io comprendo bene l'ideale di non arrendersi, lottare fino alla fine... e lo apprezzo, veramente.» Luca sospira, scuotendo la testa avvilito e passandosi una mano tra i folti capelli rossi. «Però mi dispiace, amico, con tutta la buona volontà che ci abbiamo messo in questa impresa, ho la netta sensazione che la fine sia arrivata, proprio ora. In questo momento staranno discutendo su come chiudere la situazione.»

«Già, è tutto finito, purtroppo» commenta Sandra. «Che tristezza... ma almeno non abbiamo nulla da rimproverarci.»

«E va bene!» Davide sbuffa con espressione infelice e si scompiglia i ricci castani. «A questo punto, comunque vada, credo sia il caso di brindare con l'ultimo caffè della nostra cara macchinetta... e congratularci con noi stessi per l'ottimo lavoro svolto! Ci abbiamo provato. Ragazzi, è stato un onore lavorare con voi!»

Annuiamo tutti, convinti dalle parole di Davide. Tutti tranne Connor, che scuote la testa con una smorfia insoddisfatta, controlla il cellulare e si avvia verso una delle finestre della sala, che dà sulla strada principale. Si appoggia al muro con un braccio, guardando fuori con aria assorta.

Mentre gli altri sono alle prese con l'ultimo caffè, come ha detto Davide, io lo raggiungo e resto ferma al suo fianco. Guardo fuori dalla finestra, vedo dei candidi fiocchi di neve svolazzare leggeri nell'aria. Poi lancio un'occhiata sospettosa a Connor. Lo conosco, sta nascondendo qualcosa. O forse credo solo di conoscerlo, perché devo ammettere che negli ultimi giorni mi ha riservato sorprese inaspettate. Evidentemente è cambiato, nel corso di questi anni.

«Connor...» richiamo la sua attenzione. «Sai qualcosa che io non so?»

Volta appena il viso verso di me e scuote di nuovo la testa, sfuggendo il mio sguardo. Questa è la conferma. Connor non è mai sfuggente di fronte alle domande dirette, ha il vizio di guardare sempre le persone dritte negli occhi, rispondere o manifestare le sue opinioni. A meno che non ci sia qualcosa a frenarlo. Qualcosa o qualcuno. A meno che non stia nascondendo qualcosa.

«Connor...» Lo richiamo, ancora, con maggiore determinazione.

«No, Elena. Avrei voluto, davvero! Ma a questo punto...»

Si volta di nuovo verso la finestra, sospira rassegnato. Poi, all'improvviso, sgrana gli occhi. La sua espressione da incredula si rischiara e diventa fiduciosa.

«A questo punto... non è finita, Elena! Non è finita!»

CAPITOLO 32

No, non è finita, perché la decisione di una persona ha cambiato tutto. E forse ha anche modificato e trasformato il corso delle nostre vite future.

Una decisione repentina, inaspettata e anche un po' folle a cui io non sarei mai arrivata. E come avrei potuto?

Ma appena ho visto Samuel Sunrise oltrepassare l'ingresso della "Emerald Ink House" insieme a Giacomo, il suo maggiordomo, e a Patrick Kingston in persona, ho compreso che la situazione stava per prendere un'ulteriore svolta.

La "svolta irlandese" l'ho classificata nella mia testa. Perché quei pazzi hanno davvero il vizio di coinvolgerti e di stravolgerti l'esistenza nel giro di una manciata di secondi!

Resta il fatto che Patrick e Chiara, con il supporto economico di Samuel, hanno fatto un'ulteriore offerta ad Alberto Giraldi, questa volta superiore a quella dei concorrenti. Dopo svariate discussioni e addirittura l'intervento di un rappresentante dell'altra casa editrice che ha tentato di rimandare la trattativa sperando di ottenere un rinvio, l'affare è stato concluso con l'acquisto di tutte le quote di Giraldi da parte di Samuel, Patrick e Chiara entro la mezzanotte della Vigilia di Natale.

«Buon Natale a tutti! Ho fatto la mia parte!» Mentre un applauso esplode nella sala relax e si scatena anche nei corridoi, Samuel sorride divertito prima di salutarci e rientrare a Como, nella sua villa che è diventata anche il suo mondo. «Mi piace fare qualche sorpresa, ogni tanto, e anche qualche regalo.»

«Credo di averlo capito» annuisco e mi avvicino, per abbracciarlo. «Grazie. Ancora una volta, grazie!»

«Patrick e Chiara non mi hanno dato tregua, ma devo ammettere che sono stati il vostro lavoro e la vostra energia a convincermi del tutto. Da questa mattina sto seguendo assiduamente tutte le vostre iniziative sui social. Credo di aver imparato ad usarli, alla fine!»

«Mi ha salvata per la seconda volta, Samuel.»

«Ho seguito il vostro slogan, *Regala un Libro, Crea un Mondo*. Così ne ho regalati molti. Ho regalato un'intera casa editrice!» Samuel mi strizza l'occhio. Sono certa che si sia convinto di non aver fatto proprio nulla di eccezionale, come quando mi ha donato il libro da regalare a Connor, ma solo la cosa più giusta al momento giusto. «Era un peccato lasciar naufragare qualcosa di così bello. E adesso devo tornare alla mia scrivania, credo di aver trovato l'ispirazione per una nuova storia.»

Quando se ne va, alla sede della "Emerald" si respira un'aria di festa mescolata anche a un po' di stanchezza, come se tutta l'adrenalina con cui abbiamo vissuto nel corso delle ultime ore ci avesse prosciugati di buona parte delle energie, ma l'orgoglio per ciò che abbiamo realizzato ci invogliasse a proseguire nella direzione intrapresa.

Alberto Giraldi ci ha liberati quasi immediatamente della sua nefasta presenza, andandosene con il suo pallore vampiresco e un'aria più incazzata che mai insieme al suo avvocato. Da questo deduco che la sua azione meschina era mirata a fare del male, non si trattava di semplice interesse economico. Ma, per una clausola, di fronte a un'offerta superiore, è stato costretto a vendere ai suoi ora ex-soci entro la mezzanotte della Vigilia di Natale.

Patrick e Chiara sembrano rilassati e piuttosto soddisfatti dell'ingresso di Samuel Sunrise nella casa editrice. Oltre al fatto di essersi sbarazzati di Giraldi. Anche io non avrei potuto auspicare una soluzione migliore.

Gli altri, invece, stanno procedendo implacabilmente verso la messa a punto del nostro piano d'azione. Nonostante la stanchezza, nonostante le ore che abbiamo speso a lavorare, quasi senza sosta.

«Tu lo sapevi?» In realtà non avrei bisogno di una risposta e nemmeno di una conferma da parte di Connor. Non so cosa aspettarmi da lui, ora che è tutto finito e l'unica cosa che mi resta da fare è lasciarlo andare.

«Diciamo che ci speravo.» Punta gli occhi nei miei, questa volta senza distogliere lo sguardo. «Sapevo che Patrick era arrivato in Italia e si trovava da Samuel. Però temevo che non facessero in tempo, Samuel stava aspettando delle risposte relative a certe vendite di sue proprietà nella contea di Kilkenny. Avrei voluto parlarne, con te e con gli altri, ma non volevo illudervi inutilmente.»

Annuisco con un sorriso, non me la sento di protestare. Va bene così, sono troppo stanca per recriminare. Mi avvicino alla porta e mi volto verso la sala relax, quella che mentalmente ho iniziato a definire la mia "centrale operativa".

Osservo con attenzione gli altri, i miei colleghi, i miei amici. Cristina, Davide, Luca, Roberta, Sandra. E anche Fiona, Lisa, Max, Giulia. Non è finita finché non è finita. Ma almeno questa storia è finita bene, la "Emerald" è salva. Per quanto riguarda il resto non ci voglio pensare. Non adesso e nemmeno domani. Avrò tutto il tempo per reagire, per riprendermi.

«Elena...» Connor mi segue e pronuncia il mio nome, nel suo solito modo. Spero che un giorno non mi farà più lo stesso effetto, anche perché a breve, quando se ne sarà andato a New York, non avrò più occasione di sentirlo. «Ascoltami, io vorrei solo spiegarti...»

Nemmeno a farlo apposta ci ritroviamo insieme sotto al vischio che lui mi aveva aiutato ad appendere, ma decido di ignorare anche questo. Sollevo il viso e scuoto la testa. Non questa volta. Non mi lascerò fregare da una sciocca tradizione.

«No, Connor.» Sono più determinata che mai a non cedere e a non lasciarmi abbattere dalle circostanze. Questa storia, al contrario dell'altra, è finita e basta. Forse era già finita tanto tempo fa, forse non era scritta nelle stelle. Devo solo arrendermi e lasciare che la vita faccia il suo corso, che ognuno di noi segua la propria strada. «Non c'è più nulla da spiegare. La "Emerald" è salva, per il resto le cose sono andate come dovevano andare. È giusto così.»

CAPITOLO 33

La mattina di Natale, Milano si sveglia avvolta in un candido manto di neve. Le strade sono tranquille, i negozi chiusi, ma l'aria vibra di quella calma gioiosa che solo il giorno più magico dell'anno può infondere. I raggi del sole filtrano tra le nuvole, illuminando le decorazioni appese lungo le vie della città.

Ancora non riesco a credere che tutto si sia risolto per il meglio. Grazie a Samuel, grazie a Chiara e a Patrick. In piccola parte anche grazie a me e agli altri, al nostro lavoro di squadra. In un certo senso, siamo riusciti a realizzare una vera e propria magia di Natale.

Mi sento leggera, nonostante il peso che porto nel cuore. Nel momento in cui stavo ancora lottando per salvare la "Emerald" sono riuscita a fare forza su me stessa per farmi scivolare addosso la situazione con Connor, il mio tormento personale. Ma ora tutto sta ripiombando su di me, come un macigno.

Spero che prima o poi il mio dolore finirà per sciogliersi, proprio come la neve al sole. Non so quanto tempo mi ci vorrà, ma il mio lavoro e l'entusiasmo per i nuovi progetti mi aiuteranno ad andare avanti, a farmene una ragione anche se temo che questa volta sarà ancora più difficile. La sensazione di aver vinto una battaglia importante mi stimolerà a reagire, a costruire il mio futuro, a progredire.

Ho dormito pochissimo, solo poche ore, quando sono riuscita ad arrivare a casa. La tensione e l'adrenalina sono ancora vive in me e si sono fatte sentire nel mio breve sonno agitato costellato da sogni confusi. Comunque, oggi avrò tutto il tempo per riposare e rilassarmi.

Mi alzo, mi faccio una doccia rinfrescante e mi preparo un caffè. Chiamo i miei genitori e li informo brevemente sull'evolversi della situazione. Appena saranno qui li aggiornerò sui dettagli. Intanto la mamma si è offerta di occuparsi personalmente di buona parte della preparazione del pranzo.

Mi sistemo sul divano e, mentre sorseggio il mio caffè, accendo il computer per controllare i primi risultati della campagna di marketing che abbiamo deciso di lanciare ufficialmente a mezzanotte in punto, dopo tanto lavoro. Con un misto di trepidazione e speranza, apro i social media della casa editrice.

I numeri mi sembrano straordinari. I post della campagna *Regala un Libro, Crea un Mondo* hanno già raccolto migliaia di like, commenti e condivisioni. Le persone stanno rispondendo con entusiasmo all'iniziativa benefica, condividendola nelle loro storie e mostrando i libri che hanno acquistato e prenotato. Il video a cui hanno lavorato Davide, Fiona e Roberta sta diventando virale mentre noto gli hashtag associati alla campagna nei trend del giorno. Un risultato che supera ogni mia aspettativa, lo ammetto.

Mi lascio andare, appoggiandomi allo schienale del divano, con un sospiro di sollievo misto a incredulità. Ce l'abbiamo fatta! Le nostre idee, la nostra determinazione e il lavoro di squadra hanno dato frutti tangibili. Nel frattempo, percepisco una piccola vibrazione e mi accorgo che il mio telefono sta squillando. Sullo schermo compare il nome di Chiara Anselmi.

«Pronto? Buon Natale, Chiara.» Cerco di mantenere un tono professionale, ma in questo momento vorrei solo urlare di gioia.

«Buon Natale anche a te, Elena.» Chiara mi risponde con un tono caloroso che non ho mai sentito in lei. «Ti chiamo per dirti che io e Patrick siamo rimasti profondamente colpiti dalla campagna che avete organizzato. *Regala un Libro, Crea un Mondo* è un successo assoluto. I risultati parlano da soli, ma è stato il tuo coraggio e la tua visione che hanno fatto la differenza. Samuel ci ha aiutati economicamente a salvare la casa editrice, ma tu hai dimostrato un valore che non possiamo ignorare. È stato grazie a te che lui ha deciso di intervenire. Nel corso della serata e della notte le vendite, consultabili sul portale dell'azienda, sono aumentate visibilmente, superando ogni aspettativa. Ed è merito tuo, in buona parte. Non ti sei arresa, anche quando io stessa avevo ormai ceduto le armi.»

Rimango senza parole, cercando di elaborare quanto sto ascoltando. Però devo trovare qualcosa da dire.

«Io... ti ringrazio, Chiara...» Mi trema la voce, devo cercare di controllare l'emozione.

«Detto questo, appena torneremo al lavoro vorrei che rivedessimo insieme i dettagli del tuo contratto. Da gennaio ti aspettano nuove responsabilità, alla "Emerald", tra cui la gestione completa della nuova collana per ragazzi in cui verranno inserite le opere di Samuel Sunrise e la responsabilità del marketing creativo. Ma non sarai completamente sola, in questa impresa. Diciamo che questo fa parte del nostro "accordo" con lui; quindi, temo che non potrai tirarti indietro.»

Sorrido entusiasta, non so se si tratta di una promozione o di una minaccia, ma a questo punto non vedo l'ora di riprendere il lavoro.

«Grazie, Chiara, io...»

«Inoltre, Patrick, Samuel ed io abbiamo deciso all'unanimità che meriti un ulteriore premio per il tuo lavoro, per come sei riuscita a motivare la tua squadra spingendola a non arrendersi. La "Emerald Ink House" ti offre una settimana sulle Dolomiti, in un resort esclusivo, una piccola vacanza-premio per Capodanno. Consideralo un ringraziamento per tutto ciò che hai fatto.»

Sono sbalordita, a tal punto che quasi mi scivola il telefono dalla mano. «Non so cosa dire... Grazie, Chiara. Questo significa molto per me.»

«L'unica cosa che puoi fare ora, Elena, è riposarti e divertirti. Ti aspettiamo l'anno prossimo, in splendida forma!» conclude Chiara, prima di chiudere la chiamata.

Mi lascio cadere sul divano, con il cuore colmo di gioia. Questa notizia è la conferma che tutto il mio impegno, la mia passione e i miei sogni stanno finalmente prendendo forma.

Mentre attendo i miei genitori mi vesto e cerco di sistemare il mio appartamento, rendendo l'atmosfera un po' più natalizia. Quando finalmente arrivano, faccio loro un resoconto della mia ultima giornata e della telefonata appena ricevuta da Chiara, compresa la notizia della promozione e della vacanza-premio.

«È meraviglioso, tesoro mio!» Mia madre esulta e mi abbraccia, orgogliosa per il mio successo.

«Sapevamo che avresti fatto grandi cose, Elena. Sei sempre stata determinata» aggiunge mio padre. «E il tuo lavoro ti appassiona davvero.»

Ci prepariamo per festeggiare insieme e celebrare il Natale. Nel pomeriggio anche Cristina e Davide hanno promesso di raggiungermi e magari ci vedremo anche con gli altri amici. Non vedo l'ora di aggiornarli, ma immagino abbiano già scoperto da soli i risultati dei nostri sforzi.

Quando sento suonare il citofono credo che abbiano anticipato la loro visita, forse sono talmente entusiasti da aver deciso di passare da me in anticipo, prima di ritrovarsi con le loro famiglie.

Rispondo con un sorriso, ma appena riconosco la voce e soprattutto il nome, resto senza fiato.

«Va bene, scendo subito.»

«Chi è, tesoro?» Mi interroga mia madre, affacciandosi incuriosita dalla cucina.

«Nessuno!» replico tempestiva afferrando il mio cappotto. «Scendo un attimo, torno subito.»

Così dicendo mi precipito giù dalle scale. Quando me lo trovo di fronte, oltre al portoncino d'ingresso, quasi non riesco a credere ai miei occhi.

Connor è in piedi davanti a me, avvolto nel suo cappotto scuro, con le mani che stringono un pacchetto incartato e con un fiocco rosso in cima. Una neve leggera, intanto, cade sui suoi capelli scuri e sulle sue spalle.

«Cosa ci fai qui?» chiedo, sorpresa. «Scusa se non ti faccio salire, ma ci sono i miei. E credo sia meglio evitare ulteriori fraintendimenti.»

«Lo capisco.» Connor annuisce aggrottando la fronte. Ha l'aria un po' stanca, abbassa lo sguardo, poi torna a fissarmi nel suo solito modo, come se mi stesse analizzando, leggendo dentro. «Buon Natale, Elena. Sono passato per darti questo.»

Così dicendo, mi porge il pacchetto. Qualche fiocco di neve intanto ha inumidito la carta in cui è avvolto. Io ci fisso sopra lo sguardo, per non incrociare gli occhi verdi dell'uomo che ho di fronte. Ma non posso farne a meno, quindi cerco di mantenermi dura, rigida, per impedire al mio cuore di battere all'impazzata o, peggio ancora, di sciogliersi nel rimpianto.

«Grazie, ma non avresti dovuto.» Prendo il pacchetto, passandomelo da una mano all'altra.

«Volevo ricambiare il tuo regalo di Secret Santa.» Lo vedo mordersi le labbra, poi deglutire a fatica, come se avesse un nodo in gola e non riuscisse a scioglierlo. «E c'è qualcosa che devo dirti.» A questo punto, il suo sguardo si fa serio, determinato, quasi ostile. «Lo so che tu mi hai chiesto... So che non vuoi ascoltarmi, che per te non c'è più nulla da dire o da spiegare. Ma per me… ecco, per me non è così.»

«E va bene…» mi rassegno, a quanto pare non posso fare altro perché Connor Milligan ha deciso di non concedermi altra scelta. Di non lasciarmi andare come vorrei. E non mi sembra il caso di supplicarlo, di chiedergli di andarsene senza ferirmi.

«Ho ricevuto un'offerta, da parte di Patrick, di trasferirmi a New York per aprire lì una filiale americana della "Emerald". È solo un tentativo, al momento, un esperimento. Ma ci sono ottime prospettive, anche grazie ai romanzi di Samuel e di altri autori da cui potrebbero trarre film o serie televisive. Stanno già parlando della vendita dei diritti cinematografici.»

Fantastico! Non conoscevo i dettagli, ma a questo punto non posso fare altro che essere felice per lui.

«Bene, complimenti. Un ottimo risultato! Grazie di essere passato a salutarmi, Connor. Ti auguro il meglio!»

Spero sia tutto, voglio solo tornare nel mio appartamento e… e continuare a fingere, almeno fino a quando i miei genitori non rientreranno a casa di Rita per la notte. Poi potrò finalmente disperarmi e piangere in tutta tranquillità.

«Non ho finito, se permetti.»

Annuisco, rassegnata, facendogli cenno di proseguire.

«Anche altri colleghi, tra cui Fiona, hanno ricevuto la stessa offerta.»

«Sì, l'ho saputo! Di Fiona, voglio dire. E anche tutto il resto.» Allora vuole proprio distruggermi, continuando a infierire. E magari, dietro a quella maschera premurosa e compassionevole, ci sta pure prendendo gusto! Intanto affondo le mani nel pacchetto, se potessi glielo lancerei addosso. Spero non sia nulla di troppo fragile ma non mi sembra molto pesante, non gli farò troppo male. «Allora... tanti auguri a entrambi, siate felici, sposatevi e andatevene af...»

Oddio, cosa sto dicendo? Mi sento avvampare e mi metto una mano sulla bocca! Non posso insultarlo. Anche se a questo punto avrei una gran voglia di farlo!

«Ho rifiutato l'offerta, Elena.» Non so se ho compreso bene, avrei bisogno di un replay. Ma lui invece di ripetere la frase che ha appena pronunciato, va avanti. «E per quanto riguarda l'idea di sposarmi, non è nei miei piani, per il momento. Con Fiona, non è proprio nei miei piani in assoluto, direi. Visto che tra me e lei non c'è mai stato niente che potrebbe portare in quella direzione.»

Resto in silenzio, ammutolita. Devo ancora elaborare le sue parole. O meglio, il senso delle sue parole. Ma allora, quello che io avevo creduto riguardo a New York...?

«Io avevo accettato di trasferirmi a New York. Ma poi... poi, nel corso della giornata di ieri, ho capito che ciò che voglio è restare qui. Non solo per il lavoro, ma per qualcosa di molto più importante per me. Indipendentemente da come andranno le cose tra noi. Indipendentemente da... da te.»

«Da me?»

«Sì, indipendentemente da te, Elena.»

Non sto capendo. Mi passo una mano sulla fronte, mi sembra di impazzire e ho il fiato corto.

«Cosa intendi, Connor?» chiedo, con un filo di voce.

«Intendo che voglio restare qui e lavorare con te alla gestione della nuova collana per ragazzi e... a tutti i progetti che potremmo realizzare insieme. Intendo che non posso nemmeno pensare di non vederti più, di non averti intorno. Intendo che sono ancora innamorato di te e... e anche se per te non è lo stesso, io lo accetterò perché...»

«Connor...» Le lacrime mi inondano il viso e io non faccio nulla, proprio nulla per fermarle.

«Perché ti amo, Elena. E da quando sono arrivato qui, giorno dopo giorno, mi sono reso conto che non avevo mai smesso. Ho tentato di ignorare quello che provo, ho tentato di essere superiore a tutto e mettere al primo posto il lavoro, solo il lavoro, come fai tu... ma non ci riesco.»

Sento il cuore esplodermi nel petto, mentre mi butto tra le sue braccia e lo stringo forte a me, cercando le sue labbra. Il suo bacio mi restituisce l'energia, la linfa vitale, quella parte della mia anima che avevo deciso di oscurare, di annullare, per non soffrire troppo, oltre alle mie forze.

«Ti amo anch'io.» Gli accarezzo il viso con le meni, guardandolo negli occhi. I suoi occhi di smeraldo, *My Emerald Wish*. «Ti amavo anche prima... quando ti ho lasciato andare anni fa. Perdonami Connor, ho avuto paura, ma la verità è che non sono mai riuscita a dimenticarti.»

Riprende possesso delle mie labbra e preme dolcemente, poi con passione quasi incontenibile. Un bacio dolce, avvolgente, perfetto, mentre mi accarezza il viso e poi mi stringe tra le braccia.

«Resteremo qui fuori?» sorride, baciandomi ancora sulle labbra, poi sulla fronte.

«Mmh... ci sono i miei, in casa mia...» Mi aggrappo a lui, accarezzando le sue braccia. «Quindi, se ti andasse di entrare e giocare ancora al finto fidanzato, a me non dispiacerebbe.»

«No, direi di no.» Mi stacca e scuote la testa, con espressione corrucciata. Poi sorride e mi strizza l'occhio. «Ma vorrei provare a giocare al vero fidanzato, se anche tu sei d'accordo. Ti va di giocare alla mia vera fidanzata?»

«Va bene, possiamo provare! Ma fai attenzione...» Gli prendo la mano e varco con lui il portoncino d'ingresso dell'edificio. «Potrei prenderci gusto e non lasciarti più andare!»

«Non chiedo di meglio!»

EPILOGO

Connor

Ho rifiutato l'offerta, seppur allettante, di trasferirmi a New York. Un'opportunità unica per la mia carriera, guidare la spedizione e contribuire all'apertura della filiale americana della "Emerald" sarebbe stata una sfida emozionante. Un'occasione che qualcun altro coglierà al mio posto.

Ma io non potevo tollerare l'idea di allontanarmi da lei. In molti potrebbero considerarmi un folle, uno stupido o magari soltanto un inguaribile romantico. Patrick mi ha chiesto più volte di pensare bene alle mie scelte, di non agire troppo impulsivamente. Fiona mi ha raccontato la sua conversazione con Elena, poi osservando la situazione dall'esterno mi ha fatto presente che forse qualcuno, probabilmente Alessia, l'aveva ingannata riguardo alla natura del nostro rapporto, solo per farle del male. Infine, Samuel... Samuel mi ha posto la domanda decisiva che credo abbia rivoluzionato il corso della mia esistenza.

Mi ha chiesto quale sarebbe stato il mio rimpianto più grande.

Non ho dovuto rifletterci molto, la risposta è scaturita spontaneamente dal mio cuore. Perdere Elena, una seconda volta e forse irrimediabilmente. Lasciarla andare o andarmene senza dirle ciò che provo per lei.

Quando ho compreso che Elena era l'unica donna con cui riuscivo a immaginare il resto della mia vita, ho deciso di rinunciare a tutto nella speranza di riaverla accanto e di costruire con lei qualcosa di bello, di unico.

Il modo in cui l'ho vista lottare per salvare la "Emerald", la sua forza, la sua tenacia, la sua fiducia, mi hanno rapito il cuore per la seconda volta.

«Quindi, resterai… qui, a Milano?» Mi chiede, sgranando su di me i suoi occhioni scuri. Poi lancia uno sguardo al mio regalo, il nuovo folletto che le somiglia e che si è unito alla sua collezione.

Giocare ai veri fidanzati è piaciuto a entrambi. Così, appena i suoi genitori se ne sono andati e dopo esserci ritrovati con gli amici per saluti e auguri, abbiamo deciso di continuare e stiamo facendo le prove generali sul divano del suo appartamento.

«Sì, Elena. Resterò a Milano. Anche se occasionalmente dovrò tornare a Dublino, ho chiesto a Patrick di essere trasferito qui a tempo indeterminato.» Sorrido e percorro la linea del suo zigomo con un dito. «Ha accettato. Tu hai il dono di trasformare le idee in qualcosa di vivo, di straordinario e io… vorrei far parte di tutto questo, se tu me lo permetterai… dei tuoi sogni, dei tuoi progetti.»

Mi bacia sulle labbra e si aggrappa a me, stringendomi forte tra le braccia.

«Lo prendo per un sì.» Sorrido e ricambio il bacio. «Da questo deduco che tu sia abbastanza contenta di avermi intorno.»

«Mmh…» Solleva il viso e mi guarda, arricciando leggermente il naso. Poi prende la mia mano e intreccia le dita con le mie. «Sono ragionevolmente soddisfatta. Non sei male, come collaboratore. Sto pensando a come sfruttare le tue abilità.»

«Grazie, vedrò di fare del mio meglio, allora.» Rido e la bacio, poi scendo lungo il suo collo facendole il solletico con la mia barba. «Per soddisfarti sempre di più.»

Elena continua a ridere e mi abbraccia, accarezzandomi il viso. Quando rialzo lo sguardo su di lei, mi accorgo che ha le lacrime agli occhi. E non per il solletico.

«Amore…» Raccolgo una lacrima che scivola giù dalla sua guancia. «Va tutto bene?»

«Io… la verità è che sono felice, Connor, tanto felice. E ti amo in un modo che non sarò mai in grado di esprimere a parole.» Sospira e stringe la mia camicia tra i pugni. «Per cui posso solo scherzare e tentare di prenderti in giro, ma io...»

«Non smettere mai, allora.» Appoggio la fronte alla sua e sento il suo corpo fremere, tra le mie braccia. «Non smettere mai, perché io lo sento, il tuo amore. In ogni tua parola, in ogni tuo gesto, io mi sento amato da te. Ed è tutto ciò che desidero e che dà un senso alla mia vita. Alle nostre scelte. Al nostro destino.»

Elena

Non è finita finché non è finita. E non era finita nemmeno per noi. Non è mai finita, questa è la verità. Io me ne sono resa conto appena l'ho rivisto, ma non credevo che anche per lui fosse lo stesso.

Insieme siamo pronti a iniziare un nuovo capitolo della nostra storia che non vediamo l'ora di scrivere, di raccontare. Di vivere.

La fine dell'anno si avvicina e, con essa, un senso di chiusura e rinnovamento che io non avevo mai provato con una tale intensità. E ora sento il cuore pieno di speranza per il nuovo anno che sta per iniziare.

Gli ultimi giorni di dicembre, dopo Natale, si sono susseguiti come in un sogno: la salvezza della casa editrice, le nuove responsabilità che mi sono state affidate, il successo della campagna *Regala un Libro, Crea un Mondo* e, soprattutto, la dichiarazione di Connor che ha restituito al mio cuore quella luce, quella fiamma che temevo avesse smesso di ardere per sempre.

Ha rinunciato a New York per restare con me, cedendo il suo posto a qualcun altro. Dalla sede italiana, invece, Chiara ha offerto a Davide di partecipare all'esperimento e lui, ovviamente, ha accettato con entusiasmo di seguire Fiona negli Stati Uniti.

La mia vacanza premio sulle Dolomiti, offerta dalla "Emerald", include un soggiorno per due persone in un resort che sembra uscito da una cartolina invernale. Un gesto che considero come il culmine di una serie di regali che la vita mi sta offrendo. Lo chalet è un piccolo rifugio di legno e pietra, con una grande vetrata che si affaccia sulla vallata innevata. All'interno, un camino acceso scalda l'ambiente e i dettagli rustici si mescolano a tocchi raffinati.

Così, ci troviamo insieme in una delle destinazioni più suggestive delle Alpi. Non so se Chiara avesse intuito ciò che stava accadendo tra me e Connor, ma a questo punto inizio a credere che ogni passo e ogni gesto che ha portato al nostro riavvicinamento non sia stato soltanto frutto del caso, di una coincidenza.

«Quando mi hanno offerto l'opportunità di venire a Milano per un mese, ho subito pensato a te.» Mi confessa Connor, mentre siamo abbracciati davanti al caminetto acceso. «In realtà ti ho pensata spesso, anche prima, nel corso di questi anni.»

«Anche io. Quello che è successo, il modo in cui me ne sono andata sei anni fa...» sospiro e abbasso il viso, appoggiando la testa sul suo petto e accarezzandolo con la mano. «Non me lo sono mai perdonata. E così tante volte sono stata tentata di tornare indietro, di cercarti... ma ho pensato che anche tu non mi avessi perdonata, che non volessi più saperne di me. Allora... sono andata avanti, concentrandomi solo sul lavoro...»

Connor mi solleva il viso con un dito, guardandomi negli occhi.

«Non è come credi, Elena. Io in fondo avevo capito il motivo per cui sei fuggita via, anche se per me era difficile accettare che non ti fidassi di me» sospira e mi bacia sulle labbra, con dolcezza. «E poi essendo dicembre, i ricordi sono riaffiorati. Non ho mai detestato veramente il Natale, detestavo il fatto che ti avesse portata via da me. Non so cosa cercassi, quando ho accettato questo incarico. Forse volevo solo rivederti, forse capire se ci sarebbe stata una possibilità di provare a riconquistarti...»

«Questo sarebbe stato impossibile.» Mi rigiro, in modo tale che il mio corpo prema contro al suo. «Non avresti mai potuto riconquistarmi, perché io ero già conquistata da te. Non ho mai smesso di amarti, Connor.»

Lo bacio sulle labbra, mentre lui mi accarezza i fianchi, prima non dolcezza, poi con una passione sempre più travolgente, irrefrenabile. La stessa passione che ci aveva legati sei anni fa, in Irlanda, l'isola di smeraldo che mi ha fatta innamorare.

Connor inclina la testa per baciarmi lo zigomo e il collo, poi torna a guardarmi con i suoi occhi verdi, in quel modo che mi fa sentire unica al mondo. Ed è di nuovo lui, il mio desiderio di smeraldo, l'unico che sia riuscito a fare davvero breccia nel mio cuore e a restarci, per così tanto tempo.

Durante questo mese, breve ma allo stesso tempo incredibilmente intenso, la mia immagine di Connor si è trasformata un'infinità di volte, come se fosse in costante evoluzione. È stato il mio nemico, il mio rivale, il mio collega, il mio alleato, il mio finto fidanzato e infine... colui che aveva il potere di spezzarmi il cuore oppure di ricostruire quel sentimento che in me non aveva mai cessato di esistere, di anelare al suo richiamo. Colui con cui potrei affrontare qualsiasi sfida, creare un mondo.

Ora abbiamo così tanto da condividere, così tanto da realizzare insieme. Oltre a recuperare tutto il tempo perduto. Immergo le dita tra i suoi capelli e lo attiro a me. Le sue labbra sulle mie mi provocano un fremito mentre mi ritrovo in braccio a lui e gli circondo la vita con le gambe.

Ci guardiamo, ancora una volta, negli occhi. Uno sguardo che va al di là delle parole. Oltre al desiderio, oltre all'amore, oltre al futuro che intendiamo costruire insieme.

E io, ovunque ci troviamo, mi sento finalmente a casa. Come non mi sono mai sentita con nessun altro. Perché è lui la mia casa, il mio mondo, il mio più grande desiderio.

Lui, Connor Milligan. *My Emerald Wish.*

RINGRAZIAMENTI

Ringrazio infinitamente chi ha voluto leggere questa storia arrivando fino a qui. Per me è stato davvero importante riuscire a iniziarla, scriverla e soprattutto concluderla, perché in Elena e Connor sono rispecchiati vari frammenti di me, del mio passato, del mio presente e anche del mio futuro.

Detto questo, non mi dilungherò ancora per molto.

Ringrazio Milano e Dublino, due luoghi che amo e di cui conservo ricordi indelebilmente impressi nella mia memoria e nel mio cuore.

Ringrazio Ghostly Whisper Ltd., la mia casa editrice, e Ladybug, la nuova collana appena inaugurata.

Ringrazio la mia famiglia per il sostegno costante e per l'incoraggiamento a non abbandonare mai la scrittura.

Ringrazio tutti voi, lettrici e lettori, per essere arrivati fino a qui, per avermi concesso il vostro tempo e la vostra fiducia. Con questa storia vi auguro un felice anno e tante ore liete da trascorrere in armonia.

Alla prossima storia!

Se volete seguirmi, mi trovate qui:

Website: https://www.barbara-morgan.com

Facebook: https://www.facebook.com/BarbaraMorganAuthor/

Instagram: https://www.instagram.com/barbaramorganbooks/

X: https://x.com/BabsiMorgan

Threads: https://www.threads.net/@barbaramorganbooks

www.ingramcontent.com/pod-product-compliance
Lightning Source LLC
Chambersburg PA
CBHW020345180626
46812CB00001B/349